ユーモアサスペンス

花嫁純愛録

赤川次郎

JOY NOVELS
実業之日本社

目次

カバーイラスト／いわがみ綾子
カバーデザイン／高柳雅人

花嫁純愛録

プロローグ――花とりどり

上司が、それも特別口やかましい直接のボスが、一週間も休みを取る。

これを「奇跡」と呼ばずして何と言おう。

「お願いだ！」

代理として、いつもボスが座っている椅子に腰をおろして、机の上に足をのせると、森田《もりた》は口に出して言っていた。「これから一週間、世界が平和でありますように！」

正直、この祈りが聞き届けられるとは、森田自身思っていなかったのだが、二日目に、それは起った。

電話が鳴ったのは、森田が昼食から戻って一息ついていたときだった。

「――はい、捜査一課」

と、森田は受話器を取って言った。

「見付けました！」

いきなり、上ずった男の声が飛び出して来た。

「何だと？」

「あ……。すみません、太田《おおた》です」

まだ二十四、五の、若くて張り切っている刑事である。もっとも、森田だって、まだ辛うじて二十代――二十九歳にしかなっていないが。

「俺だ。落ちつけ。何を見付けたって？」

「目撃者です！　あの夜、飲んで帰る途中、大学の近くを通って、見かけたそうです。大学の裏門から出て来る男を」

「誰だか分ったのか？」

「ええ。目撃した男は、あの大学にコピー機を納めていて、メンテナンスで定期的に通っているので、顔が分ったと」

「で、それは――」

「岩下《いわした》教授だったと言ってます」

「岩下だと？　確かなのか！」

森田の声が高くなった。

「間違いありません」

「よし！　岩下をしょっぴくぞ！」

森田は張り切って電話を切ったが……。


「待てよ……。岩下か。何かあったな」

自分の机の上をかき回して、メモを見付ける。――事件の関係者に、この半月ほどの予定を訊《き》いたメモだ。

「岩下は……」

H大学の教授の岩下は、今度の事件で目をつけている一人だった。逮捕状を取る前に、任意同行で引張って来た方がいいだろうか。

「――え？　結婚式？　これって……今日じゃないか」

〈岩下登《のぼる》・10月20日結婚式〉

誰かの式に出席するのか？　確か岩下はもう四十過ぎだ。

少しためらったが、森田はH大学へ電話を入れて、岩下の研究室へつないでもらった。

秘書だという女性に訊くと、

「先生は今日結婚式で――」

「どなたかお知り合いの方の？」

「いいえ」

と、ちょっと笑って、「ご自身のです。先生、四十一までずっと独身でしたから」

「そうでしたか。式はどこで……」

「Kホテルです。何か先生にご用ですか？」

「いや、特別なことじゃ……。失礼しました」

と切ろうとしたが、「あの――式は何時ごろか分りますか？」

「確か――早い時間だったと思います。お昼過ぎにはホテルを出られるはずです」

「ということは……」

「成田からの便の時間に合わせてのことです。ヨーロッパへの飛行機が少ないようで」

ハネムーン！　海外へ？　大変だ！

「――どうしよう」

いくら何でも……。

森田は一分ほど迷った。しかし、こうなっては、もう自分の判断では動けない。

やむを得ない。――ケータイを手に取る。しかし、つながるだろうか？

「本当にねえ」

と、礼子《れいこ》が首を振って言った。「あんたのウエディングドレス姿を見る日が来ようとは、思ってなかったわよ」

「私だってそうよ」

と、姿見の前で、ウエディングドレスに身を包んだ自分を眺めながら、有里《ゆり》が言った。「これ、本当に私？」

「そうらしいよ」

と、スーツ姿の加東《かとう》礼子は苦笑して、「でも、有里もこうして見るとやっぱり女だわ」

「一応ね。——純《じゅん》ちゃんよりは似合ってるでしょ」

「まさか、純一《じゅんいち》君もウエディングドレスじゃないよね」

「タキシードよ。あんなもの着るの、生れて初めてでしょ。ちゃんと歩けるかしら」

「有里がリードしてやんなきゃ。何ごとも」

「お互い、勝手にやろうってことになってる。どうせ、どっちも仕事時間なんてあってないようなもんだし」

——小堀《こぼり》有里は三十五歳。結婚相手の浜中《はまなか》純一は三十歳である。

「でも、有里がよく思い切って一週間も休む気になったね」

加東礼子は、有里と高校時代からの親友。結婚して子供も二人いる。

「こんなときでもなきゃ、お互い休めないでしょ。結婚してハネムーンに行くのを『やめろ』とは、さすがに上司も言わない」

「そりゃそうだね」

「純ちゃんも休み取るのは容易じゃなかったみたい。人手不足だそうだから」

「やっぱり男性の看護師さんは少ないんでしょ？　力仕事だから、本当は男性が大勢いてもいいよね」

と言ってから、礼子は、「どこかでケータイ、鳴ってない？」

「本当だ」

有里は控室の中を見回して、「私のだわ！　切っとくんだった」

しかし、出ないわけにもいかず、隅に置いたバッグからケータイを取り出した。

「――もしもし？　何よ、休み取ってるの、分ってるでしょ」

「すみません！　迷ったんですが」

と、森田刑事は言った。「お忙しいですよね」

「これから結婚式なの。暇なわけないでしょ」

警視庁捜査一課の警部、小堀有里は言った。

「で、どうしたっていうの？」

「あの――目撃者を見付けたんです。太田の奴《やつ》が」

「目撃者？」

「ええ、H大の岩下教授です。大学の裏門から出て来るのを見たという人間が……」

「そう！　良かったじゃない。今は君がチーフなんだから、ちゃんと対処して。できるでしょ？」

「はあ、それが……」

と、森田は口ごもって、「岩下は今日結婚式なんです。自分の」

「今日？　そんな偶然が……」

「しかも、昼過ぎには成田に向うそうです。海外へ行かれてしまっては――」

「何ですって？　止めなさい！　出国させちゃだめよ！」

有里の声は段々大きくなって来た。

「はあ。ですが、逮捕状もなしで、そこまでやっても――」

「海外逃亡を防ぐのよ！　どこで結婚式をやってるの？」

「はあ。Kホテルだそうです」

有里は絶句した。――正にこのホテルではないか！

「分った！　私に任せて！」

「は？」

やり取りを聞いていた礼子は目を丸くして、

「有里、どうするつもり？」

「どうもこうも――。殺人犯を逃がしてなるもんですか！」

と言うと、有里はウエディングドレスのまま、控室を飛び出した。

「亜由美《あゆみ》さん、早い時間からごめんなさいね」

と言ったのは、スーツ姿の真田《さなだ》みちる。

「とんでもない！　みちるさんの花嫁姿、見逃してなるもんですか！」

と、塚川《つかがわ》亜由美は言った。「しかも、ハネムーンはヨーロッパ！　いいなあ！」

「でも、飛行機に合せて、午前中に披露宴なんて。先生はともかく忙しい人だから」

「『先生』なんて！　夫婦なのに」

「ずっと『先生』だったから。しばらくは直らないわね」

と、みちるは笑って言った。

四十一歳の岩下登と結婚した真田みちるは二十八歳。ほぼ五年間、岩下の秘書をしていたのである。

塚川亜由美とは遠縁に当るが、気が合うので、ときどき会っていた。

「お宅のドン・ファンは元気？」

と、みちるが訊いた。

「もちろん！　みちるさんの花嫁姿、スマホで撮ったから、帰ったら見せてやるわ」

ドン・ファンは亜由美の部屋でいつも寝そべっているダックスフント。

「ドン・ファンにもお土産買って来るわね」

と、みちるが言った。「何がいいかしら？」

そこへ、

「待たせたね」

と、やって来たのは新郎の岩下登である。

洒落《しゃれ》たジャケットを着こなして、四十過ぎとはいえ中年太りとは無縁。知的な雰囲気をまとっているのは、イギリス文学の研究者にいかにもふさわしい。

「やあ、塚川君だったね」

「おめでとうございます」

「みちるは君のことを頼りにしてるんだ。よろしく頼むよ」

「そんな。――私のよきお姉さんなのに」

「おっと、失礼」

岩下のポケットでケータイが鳴った。

「先生、もう出ないと……」

「うん、分ってる。大学の事務からだ。すぐすむよ。――もしもし」

岩下はケータイで話しながら、ロビーの奥へと入って行った。

「飛行機、大丈夫？」

と、亜由美は訊いた。

「海外だから、時間に余裕は見てるけど。――スーツケースは成田に送ってあるから」

しかし、岩下はなかなか戻って来ない。

「どうしたのかしら……」

と、みちるが心配そうに腰を浮かす。

すると、ロビーに、

「岩下登！　岩下登は！」

と、女性の声が響き渡った。

びっくりして振り向くと、ウエディングドレスの花嫁が、ロビーへと駆け込んで来た。

「何ごと？」

と、亜由美が目を丸くする。

「分らないわ……」

みちるが立ち上ると、その花嫁が目をとめて、

「――あなた、岩下登を知ってる？」

と、訊いて来た。

「夫ですけど……」

「夫？　じゃ、岩下登と結婚したのね？」

「それが何か――」

「どこにいるの？」

「待って下さい」

と、亜由美がたまりかねて、「何ですか、いきなり？　大体、人のご主人のこと、呼び捨てにして、失礼じゃないですか」

「それどころじゃないのよ！」

と、花嫁が言った。「私は刑事。岩下登を捕まえないと」

「先生を？　何の話ですか？」

「ともかく、海外へ出られちゃ困るのよ！　岩下はどこなの？」

「電話をかけに。すぐ戻ります。でも、どうして刑事さんがそんな格好してるんですか？」

「そんな格好って何よ！　私もね、今日ここで結婚するの！」

亜由美は啞然《あぜん》として、みちると顔を見合せた。

すると、そこへ、

「小堀様」

と、ホテルの宴会場担当の男性が急いでやって来ると、「お式の時間でございますので、控室へお戻り下さい」

「待たせといて！」

「そういうわけには――。次の組の方がお待ちになっておいでですので」

「警察よ！　――ちょっと、こんなときに身分証は持ってないけど」

「私どもとしましても、順番が狂いますと後が大変で……」

「うるさいわね！　こっちは殺人犯を追ってるのよ！」

それを聞いて、みちるが、

「殺人犯ですって？　それ、先生のこと？」

「ええ、岩下登のことよ」

「冗談じゃない！　何てこと言うの！」

みちるもカッとなって怒鳴った。「一体何の権利があって――」

亜由美は、しかし岩下がなぜ戻って来ないのか、気になっていた……。

1　消失

「全部の出入口を監視して！　防犯カメラをチェック！」

と、有里は指示した。「岩下の顔写真を急いで！」

「分りました」

森田は肯《うなず》いて、「チーフ、もう席に戻った方が……」

「君がそんなこと心配しなくていいの！」

と、有里は反射的にそう言って、「――ごめん。気をつかってくれてるのにね」

「いいえ。ただ――せっかくの結婚式なのに」

――Kホテルへ駆けつけた森田刑事たちは、有里の指示で、ホテル内と外回りを捜索した。

しかし、岩下登が姿を消して、すでに四十五分。

「もうホテルから出てしまってるわね、きっと」

と、有里は悔しそうに、「あのとき、すぐ全部の出入口を閉鎖できてれば……」

「それは無理ですよ」

と、森田は言った。

ともかくKホテルは、都内でも有数の一流ホテルだ。中も広いし、出入口だって、あちこちにある。ホテルとしては、大勢の客がいるのに、

「出入口閉鎖」など、できなかった。

「森田君、岩下の結婚相手を逃さないでね」

「分ってます。ちゃんと監視をつけてますから」

「じゃ……頼んだわよ」

「承知しました」

小堀有里は、ウエディングドレスのままだった。

「あら？　私の披露宴会場ってどこだっけ？」

と、ロビーでキョロキョロしていると、

「あなたの行く所は、一階上ですよ」

と、声をかけて来たのは——亜由美だった。

「あなた、岩下の知り合いね？」

「正確には、岩下さんの奥様の知り合いです」

「岩下が姿を消したとき、そばにいたのよね？」

「そばにいたかどうか、微妙ですが」

と、亜由美は言った。「それより、ご自分の式はどうなったんですか？」

「あなたには関係ないでしょ」

と、有里は言い返した。

「まあ、そうですけど」

「あなたも、私が許可するまで帰らないで」

と言うと、有里はエスカレーターを駆け上って行った。

「ええと……。どこの部屋？」

と、有里は、宴会場がいくつも並んでいるので、分らなくなってしまったのだ。

「——有里さん、こっちだよ」

と、声がして、タキシード姿の浜中純一が手を振っていた。

「ああ良かった！　違う会場へ入って行っちゃうところだったわ」

と、有里は息をついて、「披露宴はどうなってる？」

「うん。まあ……」

と、浜中純一は口ごもって、有里の腕を取って、〈浜中家・小堀家〉の札のある会場へと入って行ったが——。

「え？」

有里は足を止めた。「どうしたの？」

ほとんどのテーブルが空席で、会場に残っていたのは十人ほどだった。

もともと、そう大勢招《よ》んでいたわけではないが、それでも五十人ほどは来ていたはずだ。

「僕の方の親戚がね」

と、純一が言った。「怒っちゃって、帰るって言い出したら、ゾロゾロと……」

「私の方も？」

「うん……。残っているのは、病院の看護師仲間だけだよ」

「そんな……」

有里は、ナイフも入れられていない、ウエディングケーキを眺めながら、「ごめんね、純ちゃん」

と言った。

「仕方ないよ。そういう仕事だもの」

「本当に偶然で……」

「分ってる。僕も説明したんだけどね」

　有里より五つ年下の純一は、穏やかでやさしく、およそ怒ることがない。

「あの……お義母《かあ》さんは？」

　と、有里は訊いた。

「お袋は真先に帰っちゃったよ」

　と、純一は苦笑した。「大丈夫。後でよく言っとくから」

　でも……好かれていないことは、分っていた。

　さらにこの日の出来事である。

　純一は母親、浜中照代《てるよ》との二人暮し。

　このホテルでの挙式と披露宴は、

「ちゃんと式を挙げて」

　という母親の強い希望があってのものだった。

　有里は「式なんかどうでもいい」という方だったが、純一が母親を喜ばせたいというので、こうして……。

　しかし、却《かえ》って、とんでもないことになってしまった。

「何も食べてないだろ？　料理がもったいないから食べよう」

　と、純一は言った。

　新郎新婦のテーブルには、コース料理が並んで、すっかり冷えていた。

「どうなるの？」

　と、みちるがため息をつく。

「元気出して」

と、亜由美が励ました。「岩下さんが犯人と決ったわけじゃないんだから」

「もちろんよ！　先生が人を殺すなんて……」

「そもそも、誰が殺されたの？」

と、亜由美は訊いたが、みちるは肩をすくめて、

「知らないわ。大学で、事件があったなんて聞いてない」

亜由美と真田みちるは、Kホテルの持っている小部屋にいた。——二人きりだが、部屋の外では刑事が見張っている。

亜由美は立っていくと、ドアを開けて、

「あなた、森田さんだっけ？」

と、若い刑事に声をかける。

「そうですが……」

「岩下さんを容疑者として追いかけてるようですけど、その事件って、どんなことなんですか？　教えて下さい」

「しかし……詳しいことはちょっと……」

と、森田がためらった。

「あなた方は、単なる推測で、事件と直接関係あるかどうかも分らない一般市民を足止めしてるんですよ、令状もなしに。私たちが帰ると言えば、止めることはできないでしょ？」

「まあ、落ちついて下さい」

「落ちつくのはそっちでしょ。担当刑事が自分の結婚式に出ているので、関係者を帰さないなんて！　刑事さんの個人的な都合に合わせる義

務はないはずですよ」

「まあ、確かに……。分りました」

森田は小部屋へ入ると、「事件があったのはひと月ほど前です」

と言った。

「待って下さいよ」

と、みちるが言った。「女子大生が学内で自殺した件ですか、もしかして？」

「初めは自殺と見られていましたが、詳細な検死解剖で、殺人と思われるようになったんです」

「そんな話、初耳です」

と、みちるは言った。

「知ってる女子大生だったの？」

「先生のゼミの学生だった」

と、みちるは肯いて、「でも、先生にあの子を殺す理由なんてないわ。恋人でも何でもなかったのに」

「どうして岩下さんが殺したことになったんですか？」

と、亜由美が訊くと、森田は困った様子で、

「その辺は……捜査上の秘密でして……」

「じゃ、殺された人の名前ぐらい教えて下さい」

「私、憶《おぼ》えてるわ」

と、みちるが言った。「西崎里美《にしざきさとみ》。三年生だった。可愛《かわい》い子で——目立ってたわ、確かに。先生も、彼女のことを気に入ってた。課題にも熱心に取り組んでたし、本もよく読んでた。イギリス文学が専攻なのに、ディケンズの名も知

らない学生もいるのよ！　そんな中で、西崎里美は本当に文学好きな子だったの。先生が気に入ってたのも当り前でしょ。——だから、あの日のことはよく憶えてる」

「その子が自殺した日？」

「私が、先生と結婚することになって、秘書を辞めた、最後の日だったの」

と、みちるは言った。「やりかけの仕事や整理のついていない資料とか、山ほどあって、あの日は大変だったわ……」

「まだそんなことやってるのか」

岩下の声に、みちるはびっくりして、椅子から落ちそうになった。

ただでさえ安定の悪い椅子に乗って、さらに背伸びをしないと、本棚の一番高い辺りには届かないのだ。

「あ……あ……」

と、椅子から落ちそうになると、

「おい！　危いよ！」

と、岩下は抱えていた本を放り出して、駆け寄った。

「キャッ！」

と、落ちるところだったが、岩下の腕の中にスッポリと納まって助かった。

「先生——」

「いいタイミングだった」

と、岩下は笑って、「僕の腕の中の居心地も悪くないだろ?」

「下ろして。——ねえ」

岩下はみちるを抱えたまま、ニヤニヤしている。「誰か来たら——」

「来たって構うもんか」

岩下はそう言って、みちるにキスした。

「もう……下ろして」

と言いながら、みちるも自分から岩下を抱き寄せていた。

そこへ、研究室のドアが開いて、

「先生、ちょっと伺いたいことが——」

と、声がした。

岩下は急いでみちるを下ろした。みちるはスカートを直して、咳払《せきばら》いした。


入って来たのは、三年生の西崎里美だった。

「すみません! ノックするべきでしたね」

と、笑顔で言った。

「いや、別に悪いことしていたわけじゃないからね」

と、岩下は照れる様子もなく言った。

「ええ、映画のワンシーンみたいで、すてきでした!」

「腰さえ痛めなきゃね。幸い、彼女はそう重くない」

「先生、やめて下さい」

と、みちるは真赤になっている。

「それで——」

岩下は放り出した本を拾い集めながら、「何だい、訊きたいことって」

「あ、そうだ。お二人に見とれて忘れるところでした」

と、西崎里美は言った。「イギリス文学のゴシックロマンについて、最適な解説書ってありますか?」

「それはいくつも出ているが……。あんまり専門的なものだと、読むのに時間がかかる。その間に、ゴシックロマンそのものを読んだ方がいいとも言えるからね」

岩下は少し考えて、「今度の講義までに、何冊か出しておくよ。図書館で読める方がいいだろうし」

「よろしくお願いします」

と、里美は言って、「みちるさん、今日までなんですよね」

「よく知ってるわね」

「事務室の人に聞きました。専業主婦に?」

「どうかしら。ともかく秘書のままじゃ、何かとうまくないでしょ。それに、どうせ家でも先生の手伝いをさせられるし」

「おい、僕がブラック企業の経営者みたいじゃないか、それじゃ」

と、岩下が笑って言った。

「それじゃよろしく」

と、里美は会釈して、「お邪魔しました」

と、ちょっと冷やかすように言って、出て行った。

岩下は、

「適当に切り上げろよ」

と、みちるに言った。「後は何とかなる。分らないことがあれば電話するよ」

「ええ。でも、できることはやっておきます」

「僕は会議がある。五時には戻るから、夕飯は一緒に」

「はい、分りました」

岩下はファイルを抱えて行きかけたが、ふと足を止め、戻って来て、みちるにキスした。

――みちるは、ある解放感に浸っていた。

明日からは、もうこの研究室へ出勤して来なくてもいいのだ。

本格的な、結婚生活への準備に取りかかれる。

Kホテルを予約はしていたが、式と披露宴のために必要なことはほとんど後回しにしてあったのだ。

一人になって、みちるは書類の整理を一旦やめると、自分の机の引出しの中を片付け始めた。取っておいて、次の秘書へ引き継ぐ物、捨てていい物、どれも結構な量になる。

そうして三十分ほどたったころだった。

研究室のドアをノックする音がした。

「どうぞ」

と、声をかけると、そっとドアを開けて入って来たのは、何とさっきの西崎里美だったのだ。

「西崎さん、どうしたの?」

と、びっくりして訊いた。「先生は会議よ」

「ええ、知ってます」

と、里美は中へ入ってドアを閉める。「真田さんにご相談したいことがあって」

「私に？　何かしら？　――あ、座って」

さっきとは打って変って、里美は沈んだ様子だった。

「――どうしたの？　さ、缶コーヒーだけど」

と、みちるが言った
「どうも……」

里美は少しコーヒーを飲んで、「私、今困ってるんです」

「どんなことで？」

里美の答えは意外なものだった。

「私、人を殺してしまいそうなんです」

と、里美は言った……。

「人を殺す？」

と、塚川亜由美はびっくりして訊き返していた。「その学生さんは、『人を殺してしまいそう』って言ったんですか？　『殺されそう』じゃなくて？」

「ええ、そうなの」

と、真田みちるは肯いて、「まさかそんなことを言い出すと思わなかったので、こっちも唖然としてしまって……」

「それはそうよね」

二人が帰ってしまわないように見張っている森田刑事は、呼ばれて小部屋から出て行っていた。

「それで——西崎里美さんだっけ？　彼女の話はどうなったの？」

と、亜由美は訊いた。

「私、すぐには信じられなくて。悪いけど、西崎さんの冗談なのかと思ったのよ。それで——」

「西崎さん。まさか——岩下先生を奪われたくないからって、私を殺そうっていうんじゃないわよね？」

と、真田みちるは訊いた。

西崎里美は目を丸くして、

「違います！」

と言った。「そりゃ、岩下先生のことは好きですけど、人殺しするほどじゃ……」

「良かった！　安心したわ」

と、みちるは少し大げさに胸に手を当てて、

「じゃ、一体誰を殺すっていうの？」

「それが……よく分らないんです」

「え？」

「夢の中で、何度も殺してるんです。その人のことを」

「何だ、そういうことなの」

と、みちるは安堵《あんど》して、「私だって、夢の中ならうんと悪いことしてるわよ」

しかし里美は真剣そのものの表情で、

「私だって、夢だけなら心配しません。でも——」

「でも？」

「その夢の中の人が実際に現われたんです」

「それって……。どんな人なの？」

「男の人です。でも顔は分りません。いつも夢の中ではシルエットなんです」

「じゃ、現実に現われたっていうのは？」

「やっぱりシルエットなんです。夜、眠ってると、人の気配がして、目を開けると、こっちを覗《のぞ》き込んでる男のシルエットが……」

「泥棒か何か？」

「いいえ、何も盗《と》らずに姿を消します。だけど——夢じゃないんです。カーペットに足跡もあって。私、怖くて」

「あなた、一人暮しだっけ？　誰かに頼んで見張ってもらうとか、部屋に侵入されたのなら、警察が調べてくれるでしょう」

「お願いしたんですけど、気のせいでしょうって言われて……」

「それは……。一旦、ご実家に帰ったら？」

「うちの両親は外国なんです。——ごめんなさい、みちるさんにこんなこと相談しても仕方ないのに」

「そんなことといいのよ。でも、本当にストーカーのような男がいたら危いわ。あなた美人だもの、つきまとわれたこと、あるでしょ」

「それに近いことは……」

「私、岩下先生に話しておくわ。先生なら、何とか手を打って下さるわよ」

「みちるさん……。嬉《うれ》しい。ありがとう」

と、里美は涙ぐんでいる。

「しっかりして！　安心できるボーイフレンドに守ってもらいなさい」

「ごめんなさい、こんなときにお邪魔してしまって」

と、里美は立ち上って、「岩下先生には黙ってて。先生に余計な心配かけたくない！　それじゃ」

なぜか、急にせかせかと出て行く里美を、みちるは半ば呆気《あっけ》に取られて見送っていた。そして、その翌日……。

「その翌日、講義棟の屋上から飛び下りて亡くなっている西崎里美が発見されたの」

と、みちるは言った。

「それなら、はっきりしてるじゃない。ノイローゼで自殺したってことでしょ」

「私もそう聞いてたわ。新聞やＴＶでもそう報じてたし。――一体いつから殺人になったのかしら？」

「何かあったのね、警察が気を変えるようなことが」

と、亜由美は言った。「そして、岩下先生を容疑者だってことに……」

「とんでもない！　先生がそんなこと、するわけがないわ」

「そう……。ただ、姿をくらましちゃったのが妙ね」

「ええ、それは……。だからって、西崎さんを殺したとは限らないわ」

「もちろん、そう。でもあの刑事はそう思わないでしょうね」

するとドアが開いて、森田刑事が顔を出した。

「ええと……小堀警部から、今日のところは帰宅していい、と伝言が。ただし、いつでも連絡が取れるようにしておけ、とのことです」

「何よ、偉そうに！」

と、亜由美は腹を立てて、「お引き止めしてすみませんでした、ぐらい言いに来いって！」

「そう言わないで下さい」

と、森田は申し訳なさそうで、「小堀さんはとても優秀な刑事なんです。それこそ、休みなんかほとんど取らずに頑張って……」

「だからって、捜査のためなら何をしてもいいってことにはならないでしょ」

と、亜由美は言った。

「まあ……多少やり過ぎのところはありますが」

「多少どころじゃないわよ！」

と、亜由美はかみつきそうな勢いで言うと、

「みちるさん、帰ろ！」

「ええ」

部屋を出ようとして、みちるは、森田刑事へ、

「あの刑事さん、ちゃんと式を挙げられたんですか?」

と訊いた。

2　冷たい戦争

「今日はどうも……」

と、小堀有里は言った。

向い合ってソファにかけているのは、友里の結婚相手、浜中純一の母、浜中照代である。

式のときに着ていた紺のスーツのままで、ソファにも背中を真直《まっす》ぐに伸して座っている。小柄だが、骨太な印象のしっかりした体つき。

そして細い顔立ちには、今表情らしいものは見えず、ただ固く結ばれた唇と、じっと有里を見つめる眼だけが厳しく光っていた。

二人の間にいる浜中純一は、ちょっと咳払いして、

「いや、全くあんな偶然ってものがあるんだね！」

と、大きな声で言った。「まあ、有里さんもウエディングドレスで駆け回って、大変だったね。くたびれただろ？」

しかし、有里が何も答えない内に、

「純一」

と、浜中照代が言った。「人の話に割り込むのは失礼よ」

純一は当惑して、

「別に割り込んでなんか……」

と言いかけたが、

「有里さんは、『今日はどうも』と言ったのよ。『どうも』の後にどう続けるのか、聞かなくちゃ。そうでしょ、有里さん?」

と、照代は言った。

「はあ……」

有里も困惑した様子だ。

「『どうも』の後、どう言うつもりだったの?」

「いえ、それは……。『どうも』は『どうもで』」

「それで終り?」

「いけませんか」

照代の顔が、わずかに赤くなった。

「ね、母さん」

と、純一がすかさず言った。「彼女も大変だったんだ。分ってあげてよ」

「私はてっきり、有里さんが『今日はどうも申し訳ありませんでした』と言うんだとばかり思っていたわ」

「確かに、式や披露宴が予定通りできなかったのは残念でした」

と、有里は言った。「でも、殺人事件の容疑者がたまたま同じホテルで結婚式を挙げていたのは、私のせいではありません。私がお詫《わ》びする理由はないと思いますが」

純一が何か言いかけて、口をつぐんだ。有里には自分の職務に対するプライドがある。夫の母親に気をつかって頭を下げるということができないのだ。

しかし、照代にそれで納得しろと言うのは無理だということも、よく分っていた。

「あなたは、出席してくれた親戚や知人に対して、少しも申し訳ないと思わないのね」

「それはまあ……。でも、早々にお帰りになったのは、皆さん、それぞれご予定があったんでしょうし」

有里がちょっと面倒くさそうに言うと、照代はしばらく無言で有里を見つめていたが、

「——純一。有里さんに帰っていただきなさい」

と言った。

「うん……。分った。駅まで送ってくるよ」

「そんな必要はないでしょ。玄関で充分。もう二度とこの家においでになることはないのですからね」

そう言われても、有里は別に顔色一つ変えるでもなく、

「では失礼します」

と立ち上った。

純一が玄関へついて出る。

「じゃ……」

純一は、サンダルをはいて、

「送るよ」

と言って、玄関のドアを開けた。

「いいのよ、無理しないで」

「駅までだ」

——浜中純一と照代の住いは、公団住宅の団

地の中である、Ｂ棟の３０５号室。

もう夜の十時を回っていた。

「――怒らせちゃったわね、お母さんのこと」

エレベーターで一階に下りると、Ｂ棟から表に出た。

秋の夜は爽やかだった。もちろん、二人にとって「爽やか」と言える状況でないことは事実である。

「まあ……お袋としては、女手一つで僕を育てたという思いがあるからね」

と、純一は言った。「親戚連中からは、ずいぶん冷たくされたり、馬鹿にされたりしたんだ。その連中に、僕がちゃんと結婚するのを見せてやりたいと思ってたから……」

「そしたら、こんなとんでもない花嫁だったわけね」

純一はちょっと苦笑して、

「君も、せめてひと言ぐらい……」

と言いかけて、やめた。

「分ってる」

と、有里は目を伏せて、「あなたを困らせるつもりはないのよ。でも、つい……」

「うん。僕は知ってるからね、君の性格も、生き方も」

「純ちゃん……」

と、有里は足を止めて、「あなたに辛《つら》い思いをさせるのは申し訳ない。まだ届は出してないんだし……」

「そんなこと言わないでくれよ」

と、純一は言った。「君のウエディングドレス姿、きれいだった。惚《ほ》れ直したよ」

有里はちょっと笑って、

「ありがとう！　でも――せっかく一週間休みを取ったのに……」

「ハネムーンはどうする？」

「私は、岩下を追いかけるけど……。でも、一日二日でどうなるってものでも……」

「僕も、シフトを動かして、何とか休んだんだ。――予定通り出かけようよ」

「そうね」

有里としても、さすがに純一に向って、「それどころじゃないわよ」とは言えなかった。

「でも、あなたのお母さんがどう思うか……」

「大丈夫。何とか説得するよ」

「そう……。それじゃ……一週間を、四日間ぐらいにしてもいい？」

それを聞いて、純一は、

「四日でいいの？　てっきり、一泊二日って言われると思ってたよ」

「そんな……。私のこと、何だと思ってるの？」

と、有里は苦笑した。

そして――夜道は人目もなく、二人は抱き合ってキスしたのだった……。


「お母さん」

帰宅すると、純一は照代へ言った。「僕は

「――」

「玄関がずいぶん遠かったのね」

と、照代は普通の口調で言った。

「お母さんが怒ってるのは分ってる。でも、僕は彼女と結婚したんだ。その決心は変らない」

「そう」

と、台所を片付けながら、「それで?」

「だから、予定通り、明日からハネムーンに行ってくる。止めてもむだだよ」

純一としては、決死の覚悟での発言であった。

しかし、照代は眉一つ動かすでもなく、

「別に止めないわよ」

と言った。

「じゃ――いいんだね」

「ええ。宿泊先の旅館に、電話しておいたわよ」

「お母さん! キャンセルしたの? ひどいじゃないか! ハネムーンだっていうのに――」

「キャンセルなんかしないわよ」

「でも――」

「連絡したのよ。泊るのは二人でなく、三人だってね」

と、照代は言った……。


「担当ではないので、詳しいことはよく分らないのですが」

と言ったのは、亜由美と親しい殿永《とのなが》部長刑事である。

亜由美だけでなく、亜由美の母、清美《きよみ》とは

来た。
今、殿永は清美に呼ばれて、塚川家へやって
「メル友」だ。
そして、居間で、亜由美とドン・ファンが殿
永の話を聞いていた。
「西崎里美さんの死が、なぜ自殺から他殺とな
ってしまったのか、聞かせて」
と、亜由美は言った。
「分りました」
殿永は手帳を取り出した。
「西崎里美さんが死体で発見されたのは、九月
二十五日の早朝でした」
と、殿永は言った。「H大学の陸上部員の女
子学生が、早朝トレーニングで、大学構内を走
っていて、歩道に倒れている女性を発見したの
です」
「飛び下りたとか……」
「ええ、そこは講義棟のすぐ傍《そば》で、屋上から落
ちたものと思われます。もちろん、すぐ一一〇
番通報され、パトカーが駆けつけたわけです」
「もう死んでたんですね？」
「そうです。検視の結果、死亡時刻は午前一時
から四時ごろということでした」
「その時点では、西崎さんは自殺と思われてい
たんですね？」
「そのようです。というか、他殺と思わせるよ
うな物が見当らなかったんです」
「遺書は？」

「見当らなかったそうです。——彼女はマンションに一人暮しで、両親はロンドンに」

「外国だってことは聞いたわ。日本へ帰って来てるんですか?」

「いや、それが……。どうも、西崎里美さんと両親とはうまくいっていなかったようでね」

「でも、娘が死んだのに?」

「父親の西崎広市《こういち》は、ロンドンの日本大使館の大使で、大事な国際会議を控えていて、ロンドンを離れられないと言ったそうです」

「信じられない! 母親は?」

「そこが、ちょっと問題で、今の西崎夫人はアンナさんというイギリス人です。夫は五十五歳、アンナさんは三十一歳。むろん再婚です」

「それじゃ——」

「里美さんの母親は、西崎氏と離婚して、旧姓に戻り、今井信代《いまいのぶよ》という名前です」

「その人は?」

「娘の死を知って、駆けつけて来たそうです。——元の夫は、『娘のことは任せる』とだけ言って来たと」

「ずいぶん冷たい人ですね」

「今の夫人、アンナさんとのことで、正妻の今井信代さんは追い出されたようなことになり、その辺の状況が複雑だったらしいです」

亜由美は少し考えて、

「——その今井信代さんに会ってみたいわ」

と言った。

「そう言われると思いました」

と、殿永は言った。「明日会うことになっています」

「よろしい」

と、偉そうに言って、「それで、殺人ということになったのは?」

「死んだ前の夜、西崎里美さんと会った人がいたんです。大学の事務室に勤めている女性で、夜七時ごろ、帰ろうとして、西崎里美さんと会ったとか」

「それで?」

「『今ごろまで何をしてるの?』と訊くと、西崎里美さんは、『人を待ってるの』と答えたそうで」

「それが誰かは——」

「名前は言わなかったそうです。その証言が出て、初めて殺人だったのかもしれないということになり……」

「そして、夜遅く、大学の裏門から出てくる岩下教授を見た人が見付かったんですね」

「そういうことです」

「だけど……それだけで殺人と決めつけるのは、どう見ても……」

「同感です」

と、殿永は肯いた。

「何か特別な理由が?」

「それはまだ調べがつきません」

「じゃ、調べて下さい」

と言ったのは、母、清美だった。

「お母さん、聞いてたの？」

「たまたま聞こえたのよ」

と、清美はいい加減なことを言って、「結婚式での騒ぎを、マスコミは面白おかしく取り上げていますが、一人の人間を罪に問うというのは、重い責任を伴うものです。後で『勘違いでした』ではすまされません」

「おっしゃる通りです」

殿永は清美の言う正論をいつも尊重している。

「担当は違いますが、情報を集めてみます」

「あの女の刑事さん、凄《すご》い勢いだった」

と、亜由美は言った。「何か岩下教授に恨みでもあるんじゃない？」

「それはないと思いますが、ともかく張り切り屋で、部下は悲鳴を上げています」

「一旦、こうと思い込んでしまうと、それに合った事実しか目に入らなくなるものです」

と、清美は言った。「その女性刑事に、結論を急ぎ過ぎるなと伝えて下さい」

「大きなお世話だって言われるよ」

と、亜由美が苦笑して、「ともかく、岩下先生がどうして姿をくらましたのか、それがふしぎね」

「だからといって犯人とは限りません」

と、清美は言った。「その式場で、他の女性にひと目惚れして駆け落ちしたのかもしれないわ」

「いくら何でも……」

「ともかく、あの小堀刑事も、さすがにハネムーンに出かけたそうですから、捜査がどうなるか分りませんね」

「可哀《かわい》そうなのは真田みちるさん」

と、亜由美はドン・ファンの頭を撫《な》でながら、

「すっかりマスコミじゃ『悲劇の花嫁』にされちゃってる」

「自分のアパートに閉じこもって、一歩も外へ出ていないようですね」

「TV局が待ち構えてるんでしょ。お寿司《すし》でも出前してあげようかしら」

「それなら任せなさい」

「お母さん、どうする気?」

「豪華なお弁当をこしらえて、運んであげるわ」

亜由美は、母ならやりかねない、と思った……。

3　お腹の問題

亜由美たちの心配はもっともなことだったが――。

その実、真田みちるはそれほど空腹で目を回していたわけではなかった。

亜由美とは親戚同士だが、みちる当人は早くに母親を亡くしていた。まだ八歳だったのだ。

父親は中規模企業の営業マンで、ほぼ連日帰宅は夜中。とても八つの女の子を一人で育てることなどできない、というので、みちるは施設に預けられた。

そうそう、「空腹」の話だった。

みちるは日ごろから「災害対策」で、水や食料を備蓄しておくことに熱心だった。

レトルト食品や、冷凍食品、長期保存のきくパンやパックしたご飯など、押入れの半分以上を占めるほど貯《た》め込んでいたのである。

だから、表に買物に行かなくても、ご飯もおかずも当分は不足しなかったのだ。

しかし、みちるがこれほど「用心深い」人間になったのは、やはり八歳から十八歳までの十年間、施設で育ったことが関係していただろう。

「人は頼りにできない」

という事実が、身にしみていたのだ。

十五歳になったとき、父親は何と勤め先の社長の娘に惚れられて、婿養子になり、ただの営業マンから一気に取締役になってしまった。

もちろん、父親としては、みちるを引き取って一緒に暮すことも容易だったのだが、

「迎えに来てくれた！」

と、胸をときめかせたみちるへ、父親は、

「新しい奥さんとの間に子供も生まれるし、お前が来ても、お前の居場所はない」

と言って、「――大学へ進むお金は出してやるからな」

え？　それじゃ……。

結局、十八歳まで施設にいて、みちるは一人立ちせざるを得なかった。大学の学費は出してくれたが、生活費は自分で働いて稼いだ。

大学を卒業すると、そこの事務室で働くことになり、じきにその有能さを認められて、岩下教授の秘書になった。

やがて、「教授と秘書」は恋人同士となり、結婚ということになったのだ……。

十五歳のとき、父親の身勝手さを身にしみて味わっていたみちるは、初め岩下の愛も信じなかった。しかし、秘書として日々働く内、「この人は信じられる」と思うようになったのである。

そして結婚。――みちるは幸せそのものだった。

そこへ――とんでもない「殺人疑惑」。

しかし、みちるは百パーセント、岩下を信じていた。いくら警察が犯人扱いしようが、みちるの信念は全く揺がなかった。

——この夜も、みちるは冷凍してあったシチューやサラダで、しっかり夕食をとり、食後のコーヒーも、インスタントでなく、豆からちゃんと淹《い》れたのを飲んで寛《くつろ》いでいた。

アパートの外に、TV局が来ていることは知っていたが、怒るよりも、

「ご苦労さまね」

と、他人事《ひとごと》のように眺めていた。

ケータイが鳴った。——仕事用に持っているのとは別の、特に親しい人しか知らない番号である。誰だろう？

「——もしもし」

と、用心しながら出ると、少し間があって、

「みちるか」

という声。

「先生！　生きてるんですか！」

と、みちるは声を弾ませた。

「心配かけてすまない」

と、岩下は言った。「大変だったろう？　僕は西崎君の死には全く係《かかわ》ってないんだ。信じてくれるか？」

「先生のこと、疑ったことなんて、一秒間だってありませんでしたよ」

と、みちるは断言した。「ただ、先生が無事なのかどうか、それだけが心配でした」

「ありがとう」

と、岩下は安堵した様子で、「僕は、ホテルからさらわれたんだ」

「さらわれた？　誰が一体、そんな――」

すると、岩下から女の声に代って、

「話は聞いたね」

と、その女は言った。「あんたの大事な先生は預かってる」

「どうしろって言うんですか？」

と、みちるは言った。「私、身代金を払うようなお金持じゃありません」

「分ってるわよ。あんたにはやってほしいことがあるの」

と、その女は言った。「ちゃんとやってのけたら、先生に傷一つつけずに帰してあげる。しくじったら……あの世で結ばれるんだね」

「言って下さい。何をすれば？」

すると、相手の女はわざとらしいさりげなさで言った。

「そんなに難しいことじゃないわよ」

と、女は言った。「ただ、人一人、殺してくれればいいの」

みちるは耳を疑った。

「――今、人を殺せって？」

「そういうこと。玄関のチャイムが鳴ってるわよ」

「え、でも……」

「出てあげないと、宅配の人が可哀そうじゃないの」

「分りました。――はい！」

みちるは、玄関へと声をかけた。

荷物を受け取って、もう一度ケータイに出ると、

「ちゃんと届いたようね」

と、女は言った。

「え？　それじゃ、この荷物――」

「開けてごらんなさい」

みちるは、その四角い箱にかけられた紐《ひも》をハサミで切ると、ビリビリと包装紙を破いた。

丈夫そうな箱が出て来た。

「この箱は……」

「開ければ分るわ。大丈夫、煙が出て、おばあさんになったりしないから」

ふざけた言い方は気にさわったが、今は仕方ない。

段ボールの箱をこじ開ける。――中には布に包まれた、重い物。

もう分っていた。布を開けて、黒光りする拳銃を目にしても、びっくりしなかった。

「――見ました」

「どう使うかは分るでしょ？　安全装置を外して、引金を引く。――弾丸はもう入ってるから」

オートマチックというのだろう。映画などでよく見る。

「撃ったことなんてありませんけど」

「そうでしょうね。でも、すぐ近くで引金を引

けば、まず誰がやっても当るわ」

「そうでしょうね。で、これで誰を撃てと?」

「箱の中に写真が入ってる」

と、女は言った。「なかなかよく撮れてると思うわ」

箱を逆さにすると、フワリと一枚の写真が落ちて来た。

拾って、写真を見たみちるは啞然とした。その写真は、ウエディングドレスの、あの女刑事、小堀有里だった。

みちるは、しばし絶句していたが、電話の相手の女が、

「あなたに縁のない相手でもないでしょ」

と言ったので、息をついて、

「どういうことなんですか?」

と言った。

「理由なんか知る必要はないわ」

「でも——この人は警察の……」

「そう。小堀有里警部。うまく殺しても、捕まったらあなたは一生刑務所よ」

「刑事さんを撃つなんて……」

「あら、あなたは彼女を恨んでると思ってたわ」

「それは……嫌いです、もちろん。でも、殺すとなったら話は違います」

と、みちるは言った。

「じゃ、岩下先生に死んでもらう?」

「とんでもない！」

みちるは即座に言った。「でも、この女刑事を殺したら、本当に先生を無事に返してもらえるんですか？」

「もちろんよ」

みちるはちょっと迷って、

「それなら……その人を殺して、捕まらなければいいんですね」

「その通り」

「じゃ、言われた通りにします」

「頼もしいわね。もっと迷って悩むかと思ったわ」

と、その女は言った。

「先生を助けるためなら、大統領だって殺します。——日本にはいないけど」

「すばらしい愛情ね」

「どうも。——で、小堀有里がどこにいるのか分ってるんですか？」

「ええ、しっかりね」

と、その女は言った。「ハネムーンで、旅館に泊ってるわ。K温泉の〈風光館〉って旅館にね」

「〈風〉に〈光〉ですね」

と、みちるはメモすると、「分りました」

「期待してるわよ」

「先生と、もう一度話をさせて下さい」

「え？——まあ、いいでしょう」

少し間があって、

「みちる、いけないよ」

と、岩下の声がした。「君にそんな真似《まね》をさせるわけにはいかない」

「でも、先生が殺されるなんて、許せません！」

と、みちるは断固として言った。

「しかし、君に殺人罪を――」

「私にとっては、先生がすべてです」

と、みちるは言った。

「みちる……」

「心配しないで、任せて下さい」

と、みちるは言って、右手はしっかりと拳銃を握りしめていた。

4　シングル

「このお鍋はなかなかおいしいわね」

と、湯気を立てる鍋をつつきながら、浜中照代は言った。「有里さんはお料理もするの？」

同じテーブルを囲んでいる有里は微笑《ほほえ》んで、

「いいえ、ほとんどしません」

と答えた。

「あら、それじゃ夫に何を食べさせるつもり？」

その当の「夫」、浜中純一も一緒に食べていた。

「お母さん、彼女は普通の勤め人じゃないんだ」

と、純一は言った。

「あら、そうだったかしら？　いやね、このところ物忘れがひどくて。有里さんはどんなお仕事をなさってるの？」

「知ってるじゃないか、そんなこと」

「私、警察官をしております」

と、有里は素直に答えた。

「まあ、それはご苦労さまね！」

と、照代はちょっと大げさに、「とても危いお仕事なんでしょ？　生命保険には入ってる？」

「お母さん！」

「純一、あんたのためを思って言ってるのよ。有里さんに万一のことがあったとき、お葬式を出すお金もないんじゃみっともないでしょ？」

「私も、この旅行から帰ったら、ぜひ生命保険に入ろうと思ってますの」

「まあ、立派ね。純一も有里さんを見習うといいわ」

純一は、もはや何も言う気になれず、黙って鍋に野菜を入れた。

純一と有里がこの〈風光館〉にハネムーンに来て二日目の夜である。

もちろん、三人の間は、ギクシャク――どころではない。見えない火花が互いの間に飛び散っていたが、正面切って言い争いにはなっていなかった。

そもそも、息子のハネムーンに母親がついて来ること自体、「普通じゃない」のだが、照代もさすがに、ツインルームと別にシングルルームを一つ予約していた。

しかし、旅館に着くと、

「あ、そのスーツケースはシングルルームへ運んでちょうだい」

と、有里の方を指して言ったのである。

これにはさすがに純一も、

「お母さん！　これは僕らのハネムーンなんだよ。お母さんがシングルルームに泊って」

と、カッとしないよう我慢しながら言った。

しかし、照代は、

「いいえ」

と、少しも動ぜず、「有里さんは、夜中でもいつ起されるか分らないお仕事でしょ？　その度に純一も起されたら、病院のお仕事に戻ったとき、体調を崩すわ。有里さんが純一を大切に思ってるんだったら、当然一人で寝ると思うわよ」

有里も、すぐには言葉が出なかったが、やっと肯いて、

「――その通りだわ」

「だけど……」

「私は夜中まで連絡することもあるし、一人の方が気楽よ」

純一は何とか怒りを抑えて、

「じゃ、僕もシングルの方で寝るよ」

と言った。

しかし、旅館の人を前に、そんなことでもめてはいられない。ともかく、有里は一人、シングルルームに入ることになった。

――もちろん、浜中純一と小堀有里も昨日今日の付合ではない。お互い忙しいとはいえ、何とか時間を作って会ってはいるのである。

しかし、この日は何といっても「新婚初夜」。純一は、母親がぐっすり寝入るのを待って、ツインルームをそっと出ると、有里の泊っているシングルルームへと向った。

純一たちのツインルームは五階だが、シングルルームは三階にしかない。

有里の〈312〉のドアを軽くノックすると、さすがに有里も待っていて、すぐにドアが開く。

「シャワーは浴びたわ」

と、有里は言った。「でも、ベッドは小さいわよ」

「構うもんか」

純一は力一杯有里を抱きしめて、二人はベッドの上に……。

ともすれば小さなシングルベッドから落ちそうになりながら、二人は時を忘れた。

「――明日からはツインの方に移ろう」

と、ひと息ついて純一が言った。「いくら何でもこれじゃ……」

「分るけど……。せっかくの旅行だわ。気まずく過すのも……」

「だけど――」


と、純一が言いかけたとき、部屋の電話が鳴り響いて、二人はびっくりして飛び上りそうになった。

有里が出ると、照代からで、

「有里さん？　純一がそっちにいたら、私の入眠剤、どこに入ってるか、訊いてくれる？」

有里は送話口を押えて、

「部屋へ戻りなさいよ。もう時間も遅いし」

と言った。

「やれやれ……」

純一はため息をついた……。

そして、今――。二日目の夕食の鍋をつつきながら、

「じゃあ、今夜はお母さんがシングルルームだ

ね」

と、純一は言った。

「え?」

照代がはしを止めて、「まあ、可哀そうに」

と言った。

「どうして可哀そうなのさ?」

「有里さんに脅迫されたのね。そう言わないと逮捕する、とか言われて。有里さん、それは職権乱用というものよ」

「私は何も——」

「そうでもなければ、純一はそんなことを言い出したりしませんよ」

「お母さん、忘れたの? ゆうべ寝るときに約束したじゃないか」

と、純一が言った。

「私が?」

「そう。一晩ずつ交替でシングルに泊ることにしようって。憶えてないのかい?」

「そうだったかしら?」

「そうだよ。お母さん、薬をのんでてボーッとしてたんじゃないの?」

「失礼な! 私はとてもしっかりしてますよ」

と、照代は言い返したが、「——純一が言うんだから本当でしょ。約束は守らなくちゃね」

「うん、その通りだよ」

「分ったわ。今夜は私がシングルルームに泊ればいいのね」

「で、明日は彼女がシングル。公平だろ」

「そう言えないこともないかしらね」

純一は、「公平」が母のモットーだということを分っているので、このアイデアを思い付いたのである。

「さあ、残った肉を食べちまうぞ」

と、純一は張り切って言った……。

時代劇なら、さしずめ「宮本武蔵《みやもとむさし》と佐々木小次郎《ささきこじろう》の出会い」というところだろうか。

もっとも、この場合、亜由美がどっちに当るか、むずかしいところである。

「――今井信代でございます」

グレーのスーツに身を包んだその女性は、娘を失った悲しみをあくまで内に秘めて、冷静そのものだった。

――この人、ただ者じゃない！

亜由美は一見してそう思った。

「今日はご苦労様でした」

と、殿永が言った。

「いえ、娘のことでご迷惑を……」

と、今井信代は穏かな口調で言うと、「遅れまして申し訳ありません」

ホテルのラウンジに、今井信代は十五分ほど遅れてやって来たのだが、大学にときどき（控え目に言って）遅刻している亜由美としては、わざわざ謝るほどのこととも思えなかった……。

「今、どんなお仕事を？」

と、亜由美が訊くと、

「アフリカの難民支援活動をしております。今日も、突然医薬品を積んだトラックが、現地の兵士に止められまして。その解決に手間取って、遅れてしまったのです」

今井信代は淡々と言った。

「大丈夫だったんですか?」

「何とか。医薬品には、何時間も高温の中にあると効果が失われてしまうものがあるので……」

「それは大変ですね」

「要は兵士たちに少々お金をつかませればいいのですが、組織として認めてしまうと、きりがなくなります。ここは担当者がポケットマネーですませておくしかないのですが、後で出してもらえるかと。――私が払うからと約束して、やっと話が通りました」

と微笑む。

五十歳になろうという今井信代だが、小柄な体には、「静かな闘志」のようなものが漲《みなぎ》っていると感じられた。

「遺体を確認するという、大変辛いことをお願いしてしまって」

と、殿永が言った。

「いいえ、母親として当然の責任です。――でも、はっきりしていると分っていながら、実際にこの目で見るまでは、『よく似た他人じゃないかしら』と考えてしまいました」

亜由美はちょっと座り直して、

「あの――私はお嬢さんを直接存じあげていた

わけではないのですが……」

「はい。こちらの殿永さんから伺っています。これまで、いくつも難事件を解決してこられたとか。娘のことも、真実をぜひ調べて下さい」

そう言って頭まで下げる。――亜由美としては少々気が咎《とが》めたが、

「及ばずながらお力になれればと思います」

「それに心強い助手がいらっしゃるそうですね」

「は?」

「ドン・ファンというすてきな名の」

「ああ! まあ確かに。――時には人間より役に立ちます」

「そうですね。犬は人間にない能力を持っていますものね」

今井信代は、コーヒーが来るとブラックのままでゆっくりと飲んだ。

「西崎里美さんと最後に会われたのはいつですか?」

と、殿永が訊いた。

「ひと月ほど前でしょうか。私も多忙でなかなか時間が取れず……。こんなことになるとは思いもしませんでした」

「それは当然です」

と、殿永は言った。

「そのひと月前、お会いになったときですが、里美さんからどんなお話が?」

と、亜由美は言った。

「特に危険を感じているようなことは」

「そうですか」

亜由美には意外だった。その表情を見て、

「何かお心当りが？」

と、信代の方が訊いた。

「いえ、実は……」

亜由美は、みちるから聞いた、西崎里美の奇妙な打ち明け話のことを話した。

「それはふしぎですね」

と、信代が首を振って、「たぶん、里美に会った後のことでしょうが、それにしても……。そんなことがあれば私に相談しそうですけど」

そう言ってから、信代は思い直したように、

「でも、あの子は私の忙しさを知っているので、却って私に心配かけたくないと思ったかもしれません」

「今、犯人として手配されている岩下教授のことはご存じですか？」

「イギリス文学の方ですよね。シェークスピアについてのシンポジウムがロンドンで開かれたとき、お会いしたことが。——当時私はまだ大使夫人でした」

「里美さんと岩下さんの関係については——」

「全く想像できません」

と、信代は言った。「里美は自殺したのではないと思います。あの子はそんなことをするより、問題に立ち向って行くタイプですから。でも、殺されたとしても、岩下さんがやったとはとても……」

「誰か里美さんを恨んでいた人間についてはーー……」

と、殿永が訊いた。

「恨んでいたといっても、二十一歳の大学生です。そんなに複雑なことがあったとは……」

「分ります」

と、亜由美が肯いて、「でも――こんなことを言うのはおかしいかもしれませんが、お父様の西崎広市さんが来られないのは……」

「あの人は……」

と、信代はちょっとため息をついて、「妻に気をつかっているのだと思います」

「イギリス人のアンナという方ですか?」

「ええ。とても気性の激しい人で。イギリス人には珍しいタイプです。私のことも嫌っていましたが、里美のことも、まるで夫の気持を乱す恋敵みたいに思っていたようです」

信代は首を振って、「あの人のことは思い出したくありません」

と言った。

「それがですね」

と、殿永が言った。「日本の英国大使館で先日、イベントがあったのですが、アンナさんが出席していたと」

「え? アンナが日本に来ていたんですか?」

信代の表情が、初めて感情を露《あら》わにした。

しかし、それはすぐに消えて、

「立場上、よくあることでしょう。でも――里美が死んだときは？」

「その三日前に日本へ着いています」

「そうですか。でも――彼女に里美を殺す理由があったとも思えませんが」

「一応調査してみたいと思います。よろしいでしょうか」

「もちろんです。私でお力になれるようなら何でもおっしゃって下さい」

冷静な口調ではあったが、信代の目には、それまでになかった輝きが見て取れた。

「――申し訳ありません。私、チャリティコンサートで挨拶しなければなりませんので」

と、今井信代は席を立って、ていねいに自分のコーヒー代を置いて行った。


「人格者って感じ」

と、亜由美が言うと、殿永は、

「確かにそうですが、ああいう人はじっと感情を押し殺して生きています。いずれどこかでそれが爆発することも」

と言った。

亜由美も、それには同感だったが、

「アンナという人のことは？」

「調べてみようとは思いますがね。ただ、相手は大使の夫人です。取り調べると言っても難しいところはあります」

「あ、そうか」

と、亜由美は肯いて、「でも、それなら――。その手の人に強い助手がいます」

亜由美がケータイで連絡すると、二十分後には、ホテルの前に真赤なポルシェが停《とま》った。

「――なつき、元気?」

「見ての通りです!」

勢いよくラウンジへ入って来たのは、加東なつき。亜由美の「押しかけ助手」で、勝手に〈塚川亜由美探偵事務所〉を開いている。

「私のこと思い出して下さって嬉しいです、先生!」

「『先生』はやめてよ。どうなの、亡命者支援のお仕事の方は?」

同じ大学の後輩だが、亜由美に憧れて、助手になった。しかし、自分の係った事件がきっかけで、海外の独裁政権から逃れて日本へ亡命して来た人々を支援する活動に専念していた。

「とりあえず、アパートを一棟建てました。亡命して来た人たちの住いとして」

お金持なのである。「それで、私に何か?」

「うん。ちょっとね、私なんかでは近付きにくい女性がいるの。あなた英語話せるでしょ? 調べてもらえない?」

「もちろんです!」

と、なつきは言った。「国際スパイか何かですか?」

「そういうんじゃないけど――」

説明しかけていると、殿永のケータイが鳴った。

「あの小堀有里の部下からだ。――もしもし」

殿永がちょっと眉を寄せて、「真田みちるが旅行に？　行先は？　――まさか」

「どうしたんですか？」

と、亜由美が訊いた。

「真田みちるさんが、一人で旅行に出たそうです。調べたところ、〈風光館〉という旅館に予約を……。小堀有里の部下の森田が聞いている、彼女のハネムーンの宿だそうです」

「そこにみちるさんが？　でも――どうして？」

「分りませんが……。しかし、偶然ではないでしょう」

「ハネムーン先でトラブル？」

「ありそうな展開ですね！」

加東なつきは、明らかに面白がっていた……。

5　障害

確かに、その地方は何日間か雨が続いていた。もう台風という季節ではないが、秋雨前線がこの辺に居座っていたのである。

みちるは、天気予報どころではなかった。

愛する人を救い出すためなら何でもやる！

その決心はいささかも揺がなかった。しかし――。さすがに、

「刑事を射殺する？」

と考えると、多少の迷いは出て来た。

それでも、やらなければ岩下の命がないということなら、やるしかない。

他に方法はないか？　――みちるは、もちろん亜由美に相談することも考えた。

しかし、どう考えても、「刑事を殺すのはやめた方がいい」と言われるに違いないと思ったので、やめた。

これだけあれこれ考えていたので、みちるは全く気にしていなかった。

雨は上ったものの、山地を流れてくる川は水量を増し、さらに水を含んだ土は崩れそうになっていた……。

「――もう少しね」

カーナビへチラッと目をやって、みちるは呟《つぶや》

いた。

ずっと車を飛ばして来た。

たぶん、あと三、四十分で、目的の〈風光館〉に着くだろう。

小堀有里がどこに泊っているか、見付けなくてはならないが、そこは何とかなるだろう……。

とんでもない状況にいながら、みちるはどこか呑気《のんき》だった。あまりに異常な状態なので、気分がハイになっていたのかもしれない。

カーブの多い山道を、スピードも落とさずに車を走らせていたが……。

突然、目の前に黒い壁が立ちはだかった。

「何よ!」

急ブレーキを踏む。――車はぎりぎり直前で停った。

息をついて、ライトに浮かぶそれをよく見ると――。

「土砂崩れだわ」

真黒な土と泥、そして大小の岩が道をふさいでいた。

「困ったわ……」

目の前の土砂は大量で、とても進めない。旅館に着くのは相当遅れるだろう。

仕方ない。Uターンして、一旦戻るしかないだろう。他に道があるのかどうか。

みちるはハンドルを切って、方向を変えようとしたが、そのとき、第二波の土砂崩れが起きた。

車の前が真暗になる。同時に車がガンという衝撃ではね上った。

アッという間に、みちるの車は山道から切り立った斜面の下へと押し流されてしまった……。

「通行止め？」

と、亜由美は言った。

「この先で土砂崩れがあったそうです」

と、なつきは言った。

「困ったわね。引き返すにしても……」

亜由美たちは、高速道路のサービスエリアで一旦停っていた。

車は大型のワゴン車。ドライバー付きの、なつきが雇った車で、亜由美の他に、ドン・ファンと殿永も一緒だった。さらに、

「どうせ温泉旅館に泊るんでしょ」

と、なぜか亜由美の両親がついて来ていたのだった……。

「いざとなったら、車の中で寝ればいいわよ」

と、清美が言った。

「お母さん、遊びに行くんじゃないんだから」

と、亜由美が言った。

「ワン」

ドン・ファンは果して何を考えているのか分らなかった……。

「何とか早く〈風光館〉に着かないと」

と、なつきが言った。「もしものことがあると……」

「もちろん、真田みちるさんが、理由はともかく、ハネムーン先に向っているということは、

あの部下の森田刑事から小堀有里さんへ伝わっているはずですが」

と、殿永は言った。

「じゃ、せっかくだから、ここでラーメンでも食べて行きましょうよ」

と、清美は呑気に言った。


「もしもし！」

森田は言った。「そちらは、小堀さんのお部屋で……」

「違います」

「は？」

「あなたはどなた？」

「あの——小堀の部下の森田と申しますが。今、小堀の部屋へつないでくれと頼みましたら、そちらに……」

「今夜は私がこちらに」

「はあ……」

「私、浜中純一の母でございます」

「あ！　失礼しました。結婚相手の方のお母様ですね」

「そうですが」

「あの——ケータイがつながらないので、小堀の部屋に、と」

「何かご用？　伝えましょうか？」

「はあ、それでは……。手配中の岩下教授の妻のみちるが、そちらの旅館へ向っているらしいとお伝え下さい」

「分りました」

「もし何かあったら――」

照代は切ってしまった。

「新婚の二人の邪魔をしては可哀そうね」

と呟くと、「明日、朝食のときにいいましょ」

と、ベッドに入って、

「シングルは狭いわね」

と言った。「まあ、眠れないことはないでしょ」

そして明りを消して目を閉じた……。


奇跡と言って良かった。

土砂に押し流された、みちるの車は、そのまま下の川の中へ突っ込んだのだが、水の流れが車を泥の中から押し出してくれた。

それほど深くない流れの中で、みちるは何とかドアを開けて脱出することができたのである。

「――びっくりした！」

今さらのように、川の流れをせき止めている土砂を眺めて、息をつく。

もちろん、自分もずぶ濡《ぬ》れだが――。

「いけない……」

バッグは車の中だ。ケータイも拳銃も、流れに消えてしまったのだ。

「――まあ、小堀有里を殺せばいいのよね、方法はともかく」

こんな状態でも、目的は見失っていないみちるだった。

でも――ここからどうやって〈風光館〉まで

行けばいいのか。

「だけど、何としても……」

岩下の命がかかっているのだ！

しかし、川辺からは、道へ上るのも容易ではなかった。

「タクシー来ないかしら……」

と、みちるは呟いた。

「いいのかしら？」

と、亜由美が気にしていると、

「大丈夫ですよ」

と、加東なつきが言った。「別にタダで泊るわけじゃないんですから」

「そりゃそうだけど」


——土砂崩れで、しばらくは道が通れなくなったので、亜由美たちは困ってしまった。

すると、なつきが、

「ちょっと待って下さい」

と、ケータイで二、三度電話したと思うと、

「泊る所がありました」

そして車で来た道を少し戻ると、三十分ほどで、林の中の白亜の建物に着いたのである。

「ここ、会員制のホテルです」

と、なつきが車を降りて言った。

「会員じゃないけど……」

と、亜由美は、気がひけて言うと、

「話はついてます」

お金持ってのは、何とかなってしまうものな

のだと亜由美は思った。

なつきのおかげで、亜由美の両親もひと部屋借りてもらった。亜由美となつきとドン・ファンは広いタイプの部屋。

「私はロビーのソファで寝ます」

と言い張っていた殿永だが、なつきから、

「そんなことを許したら、会員から苦情が来ますよ」

と諭され（?）、従業員用の部屋に泊めてもらうことになった。

——遅い時間だったが、亜由美たちはちゃんとしたディナーを食べられることになった。

「鶴のひと声」ならぬ「なつきのひと声」である。

食事していると、ホテルの支配人が挨拶にやって来た。

「加東様、いつもご利用いただきまして」

亜由美たちがびっくりしたのは、金髪の外国人なのに、きれいな日本語を話すことだった。

「突然で、ごめんなさい」

と、なつきは言って、「支配人のデビッドさん。イギリス人で、日本に長いんですよ」

「いえ、やっと十年ほどです」

と、そのイギリス人は言った。「今夜は、国道の通行止めのせいで、他にも何人かのお客様がみえています」

「そうなのね。部屋があって良かったわ」

なつきは、さすがに気後れする風もなく、

「明日にはたぶん土砂崩れも片付くでしょう」

と言った。

「様子を確かめておきます。では、ごゆっくり」

支配人は他のテーブルも回って、会話を交わしていた。外国人客が多い。

「英語もフランス語も使ってるわね」

と、亜由美が言った。

「そうですね。こういう所の支配人は、三か国語、四か国語ぐらいできないとつとまらないようです」

亜由美も、デビッド支配人がしゃべっているのが、英語かフランス語か、ぐらいは分るが、もちろん「中身」までは分らない。

亜由美たちから少し離れたテーブルで、一人で食事している金髪の女性がいた。後ろ姿なので、年齢は分らないが、デビッドと慣れた様子で話をしていた。そして、デビッドは他のテーブルへ移って行ったが――。

「え?」

亜由美のナイフとフォークを持つ手が止った。

「どうかしましたか?」

となつきが訊く。「お肉の味に問題が?」

「違うわよ。いくら私でも、食べることばっかり考えてるわけじゃないわ」

「それじゃ――」

「今、あのデビッドって人、あそこのテーブルから離れるとき、『マダム・ニシザキ』って言わなかった?」

「さあ……。私、聞いてませんでしたけど」

と、なつきは言った。「西崎さんって、亡くなった大学生の……」

「西崎里美さん。その母親なら、『マダム・ニシザキ』でしょ」

「アンナさんは今、日本に……」

と、殿永は言った。

「もしかして……。でも、顔を知らないわ」

と、亜由美は言った。「殿永さん、アンナさんの写真、ある？」

「今ここには……。調べさせましょう」

殿永はケータイを取り出した。

もし、本当に西崎大使の妻だとしたら、ここにいるのは偶然だろうか？

しかし、その女性は食事を終えて、席を立とうとしていた。


「なつき！」

と、亜由美はとっさに言った。「もう一生の間に二度とここに来ることないと思うから、スマホで一枚撮って」

「でも、そんな――」

「いいタイミングでね！」

なつきも気付いた。その女性がダイニングルームを出るとき、亜由美の後ろを通るのだ。

「いいですか。はい――チーズ」

言うことが意外に古い。

その女性はダイニングを出て行った。

「今の写真、私に送って！」

亜由美は、里美の母、今井信代にメールして、写真を送った。

〈アンナはこの人ですか？〉

一分としない内に、返信があった。

〈確かにその女性です。今どこに？〉

「――やっぱり」

何かある。

西崎里美の死。岩下教授の失踪。真田みちるが〈風光館〉へ向っていること。そして、アンナが、おそらくは同じ方向へ向っていて、ここへ泊ることになった……。

「――亜由美さんの直感は大したものですな」

と、殿永が言った。

「でも、アンナさんが何の用で？」

と、亜由美は呟いた。「――あ、そうだ」

今井信代が気にしている。

亜由美は化粧室へと立って、信代に電話した。小声で状況を伝えると、

「――私も行きます！」

と、信代は即座に言った。「娘の死の真相に少しでも係りがあるのなら！」

「そうですね……。あの……」

どうぞどうぞ、とも言えない。

すると、いつの間にやらそばにやって来て話を聞いていたなつきが、

「車で来られますか？　地図を送ります！」

と言った。

「お願いします！　ありがとう！」

――亜由美はなつきを見て、言った。

「主役を奪う気？」

6　刃物

「森田だ」

と、ケータイに出ると、「もしもし？」

「太田です！」

小堀有里の若い部下である。

「どうしたんだ？」

と、森田は訊いた。「もう〈風光館〉に着いたか？」

「それどころじゃないんです！」

と、太田は言った。「土砂崩れで、道がふさがれてるんです」

「何だと？」

森田もさすがにびっくりして、「お前、大丈夫だったのか？」

「土砂崩れに直接あったわけじゃありませんからね。ともかく、二、三日は通行止みたいです」

と、太田は言った。「どうしましょうか」

「そうだな……。例の女——真田みちるはどうなったんだ？」

「分りません。土砂崩れの前に通ったか、同じように足止めされているか……」

「何とかして、それを確かめるんだ」

と、森田は言った。

「分りました。でも——夜中になると、どこかに泊らないと」

「何かあるだろ。民宿みたいなもんが」

「この辺には……。ああ、ホテルが見えました」

「ホテルか。——あんまり高い所だと、後で課長に叱られる」

と、森田は言って、ガランとした捜査課の中を見回した。

「でも——」

「まあいい。何といっても、我らの大切な小堀有里さんのためだからな。課長もケチなことは言わないだろう」

と、森田は言った。「だめだと言われたら、俺が——いや、俺とお前と、他の課員たちで分担して出そう」

「僕は月給少ないですけど」

と、太田は言ったが、「それより、いいんでしょうかね」

「何がだ?」

「ホテルです。僕一人で泊って」

「一人で何かまずいことでも?」

「ええと……。とても派手なネオンのついてるホテルでして……」

「おい、待て。それって……」

「普通二人で泊る所ですよね、ああいうホテルは」

「まあ、そうだな」

と、森田は言った。

「森田さんも、ときどき使うんですか、ああいうホテル」

「うん、ときどき――。馬鹿！　俺のことなんかどうでもいい！」

と、森田はあわてて、「別に一人で泊っちゃいかんってわけじゃないだろう。できるだけ小さい部屋にしてもらえ」

「分りました！　――でも大きい部屋しか空いてなかったらどうしましょう？」

「仕方ないじゃないか。空いてる部屋に泊るしか」

「そうですね。しかし、もったいないな！　公費で泊れるのに。彼女を連れて来れば良かった……」

と、太田がため息をつく。


「今から呼びゃいいだろう」

森田が皮肉のつもりで言うと、太田は、

「そうですね！　早速彼女に電話してみます！」

と、声を弾ませた。

「おい、冗談だ。――おい」

と、森田が言ったときには、もう切れていた。

「あいつ……」

まだ二十九歳の森田からしてみても、二十四歳の太田は、「何を考えてるのか分らない」のだった……。

「これじゃ寝てられない……」

ちゃんと眠ったものの、夜中に目が覚めた浜中照代は、「狭いベッドのせい」だと思って、グチった。

「いくらシングルったって、これじゃ寝返りも打てないじゃないの」

別に誰も聞いているわけじゃないのだが、つい口に出してしまう。

「それにしても……」

ゆうべはあの二人、このベッドで愛し合ったわけだ。

「よく落っこちなかったわね」

つい、そんな場面を想像してしまうと、

「今ごろは、大きなベッドで、ゆったり楽しんでるのよね」

と考えてしまい、面白くない。


「ああ……。腰が痛い」

ベッドから出ると、ウーンと伸びをする。

五十九歳。まだまだ元気だが、看護師は重労働だ。腰痛はほとんどの看護師が抱える職業病のようなものである。

「お風呂がね……」

もちろん、シングルとはいえ、バスルームはある。しかし、やはり狭くてバスタブも手足を思い切り伸せないので、早々に上ってしまったのだ。

「もう一度入ろうかしらね」

バスタブが小さいから、お湯を入れるのも早い。——照代は、部屋の明りは消したまま、バスルームに入ると、バスタブにお湯をためた。

一杯にすることもないので、半分ほどでお湯を止め、パジャマを脱いだ。

裸になって、バスタブに浸り、立て膝を抱えるようにして、肩まで湯に浸る。

ああ……。やっぱりお風呂はいいわ。

ホッと息をついて、目を閉じる。――換気の音だけが、ブーンと低く聞こえて、後は静かだ。

たぶん、もう午前三時くらいか。あと何時間かしたら、従業員が起き出して働き始める。

看護師も、普通に寝て起きるという仕事ではないので、照代はつい同情してしまう。お客は好き勝手を言うが、それを聞く方は大変だ。

看護師も、わけの分らないことを大声で叫んだりする患者を相手にしなければならない。

そう。――ベテランの照代にしても、ときには「どうしてこんな大変な仕事をしてるのかしら？」と思うことがある……。

それでも――。

カチャカチャ。

え？　――何の音？

金属が触れ合っているような……。

カチャカチャ。

バスタブを出ると、照代はバスタオルを体に巻いて、そっとバスルームのドアから顔を出した。

カチャカチャ。――音をたてているのは、部屋のドアの鍵だった。

誰かが開けようとしている？

反射的に、バスルームのドアを閉め、明りを消した。――真暗になる。

カチッと、違う音がすると、ドアがわずかにキッときしむ音をたてた。

誰かが入って来る！　どうしてこっそりと――。

照代は身をかがめて、息を殺していた。

すると――布を引き裂くような音がして、すぐに誰かが出て行くのが分った。ドアが音をたてて閉る。

何だろう？　照代は急いでタオルで体を拭くと、下着とパジャマを身につけた。

そして、バスルームを出て、部屋の明りのスイッチを押した……。


眠りは深かったが、ケータイが鳴ると、さすがに有里は目を覚ました。

ケータイを手に取ると、

「お義母様《かあさま》よ」

と、純一を揺さぶった。「純ちゃん！」

「え？　――ああ」

純一は起き上ると、「君のケータイに？」

「私が出る？」

「うん、頼む……」

純一は大欠伸《おおあくび》した。

「――はい、お義母様」

と、有里は言った。「何か……」

「すぐ来て！　今すぐ！」

照代の声が飛び出して来た。

「分りました！」

有里はびっくりして、「純ちゃん！　何かあったのよ。今の声、聞いたでしょ！」

しかし、却って純一の方が呑気で、

「何か夢でも見たんだよ」

と、また欠伸をする。

「何言ってるの！　ちゃんと起きて！」

有里は純一を叩《たた》き起こして、自分はネグリジェの上にガウンをはおって部屋を出た。

エレベーターで三階へ。

〈312〉のドアを叩いて、

「母さん！　どうしたの？」

と、純一が声をかけると、ドアが瞬時に開いた。

「純一！」

「どうしたの、そんな声出して」

「出さずにいられないよ」

部屋へ入った二人は目をみはった。

シングルベッドの真中に、ナイフが深々と突き刺さっていたのだ。

「どうしたの、これ？」

「見りゃ分るだろ。誰かが私を殺そうとしたんだよ」

「でも——よく大丈夫でしたね、お義母様」

「何だか、大丈夫で残念だったような言い方ね」

「まさか！　ただ、ナイフがベッドの真中に。それにベッドが狭いですし」

「ちょうどお風呂に入ってたのよ」

「こんな時間に?」

と、純一が言った。

「目が覚めちゃってね。もう一度入ったのよ。いけない?」

「それは——良かったですね! 犯人は気が付かないで——」

「明りが消えてたからね」

「そいつのこと、見たのかい?」

「いいや、バスルームに隠れて息を止めてたんだよ」

「賢明です! さすがお義母様ですわ」

「そう思う?」

「ええ、もちろんです!」

「ま、刑事さんに感心してもらえるのなら、我ながらよくやった、ってことかしらね」

と、照代は微妙な言い方をした。

「警察へ通報します。ホテルのフロントに知らせましょう」

と、有里は言った。

「待って。——あなた、刑事でしょ。自分で犯人を見付けてよ」

「でも、これは——。殺人未遂ですよ」

「せっかくのハネムーンを、こんなことで邪魔したくないわ」

「それとこれとは——」

「母さん、彼女はプロなんだ。彼女に任せよう」

と、純一は言って、「それに……。そうだよ。

犯人は母さんじゃなくて、有里を狙ったんだ」

「そうね、たぶん」

と、有里は肯いて、「このシングルルームは私の名前になってるし。きっと犯人は――」

「あら、私みたいなつまらない女を殺そうとする人間はいないと言いたいのね?」

「いえ、そんなことは――」

「そういうことね!」

と、照代は言った。「私のことを邪魔に思ってた人が、世の中に一人だけいるわ」

純一が目を見開いて、

「母さん! まさか有里が……」

「お義母様、私は純一さんと一緒だったんですから」

「でも、純一はぐっすり眠ってたんでしょ。あなたがこっそり起き出して……」

「大丈夫よ。お義母様は本気じゃないわ。ただ、こういう状況なので、ちょっとパニックになってらっしゃるんだわ」

と、有里はなだめて、「ともかく、放っておくわけにはいきません。任せて下さい」

と、急いで部屋を出て行った……。

7　入れ違い

「殺人未遂？」

　殿永から話を聞いて、亜由美はびっくりした。

「〈風光館〉で？　それって偶然じゃないですね」

「何とも言えませんが……。ともかく未遂ですんで良かった」

「おはようございます」

　——朝食の席にやって来たのは、今井信代だった。

「ほとんど寝てないでしょう？　大丈夫ですか？」

　と、亜由美は訊いた。

　深夜、車を飛ばして、この会員制のホテルにやって来たのだ。

　部屋はまた「なつきのひと声」で取れた。

「大丈夫です。二時間はちゃんと寝ました」

　信代は亜由美たちと同じテーブルについて言った。「二日や三日、眠らなくても大丈夫なんです、私のような仕事をしていると」

　ダイニングルームへ、支配人のデビッド・クローザーが入って来た。

「——今井様ですね」

　と、デビッドは挨拶して、「お着きになったとき、ご挨拶できず、失礼しました」

「いえ、とんでもない。夜中というより、明け方近くでしたから」

「アフリカの難民支援のお仕事をなさっておられるのですね。すばらしい。ぜひ私どもにもお力にならせて下さい」

「ありがとうございます」

聞いていて、亜由美は感心した。

難民の支援のような活動に、日本の企業は消極的だ。景気のいいときには、

「文化芸術活動を支援する」

などと言うのだが、一旦会社の経営が傾くと、

「うちは慈善事業をやってるんじゃない」

などと言い出して、真先にその手の支援を打ち切ってしまう。

支援は「続けること」にこそ意味があるのに。

「——今日は個人的な用で参りました」

と、信代は言った。「アンナ西崎さんにお会いしたいのですが」

「それは……」

デビッドが、ちょっと戸惑ったように、「西崎様は今朝早くお発《た》ちになりました」

「まあ……」

信代は一瞬表情をくもらせたが、「どちらへおいでに？」

「急なご用で、東京へ戻られるとのことでした。私どもも、今朝五時ごろ起こされて、びっくりいたしました」

「それは残念です」

と、信代は肯いて、「コーヒーをいただける？」

「すぐお持ちします」

デビッドが足早に立ち去ると、

「偶然にしては妙ですね」

と、信代は言った。「まるで私と会いたくなかったみたい」

「わざわざ早朝に発ったのは、何か意味があったのでしょうか？」

「では、私もお昼過ぎに東京へ戻ります」

と、信代が言った。

「せっかく来ていただいたのに、すみません」

と、亜由美は言った。「でも、あなたが来られることを、アンナさんは知らなかったはずです」

「そうですね。——ともかく、アンナがロンドンへ戻る前に会っておきたいと——」

と言いかけたとき、ロビーの方で騒ぎが起った。

「——何かしら？」

「ワン」

テーブルの下にいたドン・ファンが真先に駆け出す。亜由美も後を追った。

ホテルの正面玄関の所に、人が何人か集まっている。

「こんな泥だらけの様子で入られては、カーペットが台なしになると申し上げてたんです」

と、フロントの男性が言った。

「土砂崩れに巻き込まれて……。川に落ちてしまったんです……」

確かに、ずぶ濡れになった、泥まみれの女性が——。

「何を言ってる！」

デビッドがフロントの男性を叱りつけた。

「こちらは疲れ切って倒れそうなのだ。人の命とカーペットと、どっちが大事だ？」

そのとき、亜由美はびっくりした。

「みちるさん！」

真田みちるだったのだ。

みちるの方も呆然《ぼうぜん》として、

「亜由美さん？」

「どうしたの？　土砂崩れに？」

みちるは、亜由美に取りすがるようにして、

「どうしよう！〈風光館〉へ何とかして行かないと！」

と、崩れるように座り込んでしまった。

「何ですって？」

「先生が——。岩下先生が殺される……」

と、みちるは泣き出した。

亜由美はわけが分らず、泥まみれのみちるをしっかり抱いているばかりだった。

「じゃ、岩下さんは逃走したんじゃなくて、さらわれた、と？」

亜由美の問いに、

「ええ、そうなの。〈風光館〉で、小堀ってあ

の刑事を殺さないと、岩下先生が殺される……」

「そんなことが……」

「でも、土砂崩れにあって、車ごと流されてしまったの。命からがら川から出て、ちょうど土砂崩れを知らずにやって来たトラックのドライバーさんが、助けを求めてる私を見付けてくれて……」

「よくこのホテルへ来られたわね」

「そのドライバーさんが、以前に一度、ここへ荷物を運んだことがあって、憶えていたの」

——真田みちるは、亜由美の服を借りて着ていた。もちろん、シャワーを浴びて、体の泥を落としている。


一方、亜由美の方も、みちるに抱きつかれたので、着替えていた。

ダイニングルームで、みちるはトーストとコーヒーで、やっと落ちつきを取り戻していた。

「〈風光館〉で、殺人未遂があったのですよ」と、殿永が言った。「しかも狙われたのは、どうやら小堀刑事でした」

「私じゃありません」

と、みちるが言った。

「分ってるわよ。土砂崩れを、もろに食らったんだものね」

「で、あの小堀って刑事は無事だったんですか?」

と、みちるは訊いた。「他の人に殺されては、きっと先生を返してくれません」

「でも、なぜ刑事を殺すの？」

と、亜由美は訊いた。

「さあ、理由は言ってませんでした。ただ、小堀刑事を殺せと」

「でも、車ごと川へ流されたので、殺せなかったのね」

と、亜由美は首を振って、「それにしても、よく生きてたわね」

「まあ確かに……」

「その誰かは、拳銃を送って来たんですね？」

と、殿永が訊いた。

「ええ。泥で流されちゃいましたが……」

みちるは涙を拭った。

「でも、もし本当にやっていたら、殺人罪よ」

と、亜由美は言った。「土砂崩れで、〈風光館〉に辿《たど》り着けなかった。これは神様のおかげよ」

「しかし、なぜ小堀刑事を……」

と、殿永が言った。「確かにやり手ではありますが刑事を殺そうというのは、よほどの理由がないと」

「でも、先生の命が――」

「きっとご無事でおられますよ」

と、殿永は力づけるように、「電話で話したんですね？　どこか様子のおかしなところは？」

「ごく普通の、いつも通りの様子でした」

それも妙だ、と亜由美は、首を振った。――

きっと、これには裏がある。

——そのとき、デビッドが足早にやって来ると、

「ただいま、土砂崩れになっていた箇所が通行可能になったと知らせがありました！」

と告げた。

「良かった！　じゃ、どうする？」

と、亜由美は言った。

「やはり〈風光館〉へ行って、小堀刑事と話をする必要があるでしょう」

と、殿永は言った。「しかし——真田さんは……」

「いくら何でも、わけも分らずに刑事さんを殺したりしませんよ。ねえ、みちるさん？」

「え、ええ……。拳銃も失《な》くなっちゃったし……」

みちるは、何だか曖昧に言った……。

「困ってるんですよ」

と、県警の刑事がため息をついた。

〈風光館〉に着いた亜由美たちは、殺人未遂の捜査にやって来ていた県警の刑事が、困惑しているところに出くわしたのである。

「どうしたんですか？」

殿永が訊くと、

「誰が狙われたのか、ということで、もめていまして……」

ロビーへ、小堀刑事と、夫の浜中純一、そし

て浜中照代の三人がやって来た。

「だって、それはおかしいだろ」

と、純一が言った。「お母さんのことを誰が狙うっていうのさ」

「分らないでしょ、そんなこと」

と、照代が言い返す。「私に振られて恨んでる男かもしれない」

「最近、振った男でも?」

「二十何年か前にはいたわ」

純一は、何とも言い返さなかった。

「ともかく無事だったんですから」

と、小堀有里が言った。「ナイフが手掛りになると思います。――あら!」

有里は、ロビーへ入って来た、亜由美たちに気付いて、「ここで何してるんですか?」

そう訊かれて、殿永が説明しかけるより早く、みちるが進み出て、

「あなたを殺しに来たんです」

と、ごく当り前の口調で言った。

「え?」

「ちょっと! ちょっと待って!」

亜由美があわてて、「これには色々事情が――」

「ワン」

ドン・ファンが面白がっているかのように吠《ほ》えた。

「どういうことです!」

と、県警の刑事が目を丸くする。

「今、ゆっくり説明するから――」

と、殿永が言い出したが、ロビーは大騒ぎになってしまっていた……。


「それじゃ――」

と、小堀有里は言った。「今でも、あなた、私を殺すつもりなの?」

訊《き》かれた真田みちるは、何のためらいもなく、

「ええ」

と答えて、「そうしなければ、岩下先生が殺されるというのでしたら」

と付け加えた。

「二人とも、落ちついて下さい」

と、殿永が言った。


しかし、それはちょっとこの状況にふさわしくない言葉だった。有里もみちるも、別に怒鳴り合っているわけではなかったからだ。

「殿永さん」

と、亜由美は言った。「今、一番焦ってるのは殿永さんよ」

「――確かに」

と、殿永は息をついて、「しかし、他に言いようがありますか?」

「同情はするわ」

「ワン」

ドン・ファンも同感のようだった。

「先生」

と、加東なつきが亜由美に言った。「ここは

まず、状況を客観的に整理することが必要じゃないでしょうか」

「『先生』って呼ばないで」

と、亜由美は言って、「でも、あんたの言う通りよ」

「殺人未遂でこの女を逮捕しましょうか」

と、県警の刑事が言った。

「何もしてないのに？　話だけじゃ、逮捕できないわよ」

と、有里が言った。

「では、殺されるまで待ちますか」

「当人に訊かないでよ」

――ホテルのラウンジは、臨時の〈捜査本部〉の様子になっていた。

「ともかく！」

と、亜由美がひときわ大きな声を出して、その場の主役になった。「確実なのは、岩下教授が姿を消したこと」

「誘拐されたんです」

と、みちるが言った。

「それはあなたの話だけでしょ」

と、有里が言った。

「嘘《うそ》だと言うの？」

「やめて！」

と、亜由美が割って入った。「客観的な事実に限るのよ。岩下さんが失踪。その前に西崎里美さんが死んだ。お母さんは、自殺とは思えないと」

「あの子はそんなに弱い子では……」

と、今井信代が言った。「でも、もちろん親子でも互いの心の中までは分りません」

「そして、この〈風光館〉で、誰かがシングルルームのベッドにナイフを突き刺した」

「ワン」

「そうね。いくら部屋が暗くても、ナイフで刺せば、人がいるかいないかぐらいは分るでしょう」

「でも、犯人はシングルルームの中を捜すでもなく、出て行った」

と、浜中照代が言った。「あれは警告だったのかもしれないわ。こんな目にあうぞ、っていう」

「そこで問題は、犯人が狙ったのは、有里さんか、それとも照代さんか、ですね」

「可能性としては、やはり小堀有里さんでしょうね」

と、殿永が言った。「浜中照代さんを殺したい人間がいるとは思えない」

「あら、そんなこともないと思いますよ」

と、照代は明らかに当てつけがましく言った。

「母さん、いい加減にしてくれよ」

と、純一が顔をしかめて、「いくら何でも、有里さんは刑事なんだ。人殺しなんかするわけが……」

「それは分りませんよ」

と、亜由美は言った。「刑事だって人間です。

人を愛することも憎むこともある。そうじゃありませんか？」

「それはまあ……」

と、有里は渋々という様子で言った。

「それを言うなら、初めの西崎里美さんについても」

と、なつきが言った。

「何なの、急に？」

と、亜由美が訊いた。

「いえ、お話を聞くと、里美さんは大学で夜、誰かと待ち合せていた、ということですね」

と、なつきは言った。「そして、その誰かが里美さんを屋上から突き落とした──。でも、ただ待ち合せていただけのはずが、なぜ『殺された』ことになってしまったんですか？」

「そう。──それは私もふしぎだったの」

と、亜由美が肯いて、「小堀さん、教えて下さい。何があったんですか？」

「それは……」

と、有里は口ごもって、「それは……捜査上の秘密ですから、話せません」

「そんな！」

と、今井信代が声を上げた。「私の娘なんですよ、死んだのは。何かご存じのことがあるなら、私には知る権利があります」

やや沈黙があったが──。

「クゥーン」

と、ドン・ファンが亜由美の足下で甘えるように鳴いた。

「分るような気がします」

と、亜由美は言った。「里美さんは妊娠してたんじゃありませんか?」

その後の沈黙は、ついさっきまでとは違っていた。有里が目を伏せた。

「そうだったんですね」

と、今井信代が言った。「でも、どうして私に打ち明けてくれなかったんでしょう」

「もちろん、だからといって、殺人とは限りません」

と、亜由美は言った。「でも、夜、大学の中で話をしようとしたのは、おそらくその相手だったでしょう」

「先生じゃありません!」

と、みちるが声を震わせて、「そりゃあ、先生はあの年齢まで独身で、女子学生にももてたでしょう。でも、そんなことは……。もし誰かとそんなことになれば、責任を取って結婚されたはずです」

「そうですね」

と、なつきが肯いて、「岩下教授がもう妻子持ちだったのならともかく、みちるさんと結婚するひと月も前だったんですものね。困ったとしても、殺すまでは追い詰められないでしょう」

「でも、遅い時間に大学から出て来ています」

と、有里が言うと、みちるが、

「先生が大学を夜中に出るなんて、ちっとも珍しいことじゃありません！　文献や資料を当っていて夜が明けちゃうことだって、よくあるんです」

と言い返した。

「確かに、大学から遅くに出た、ってだけじゃ、容疑として弱いですね」

と、殿永が言った。

「大体、里美さんとそんな話をするのに、大学の中で？　どこか外で会えばすむことでしょう」

と、なつきが言った。

「じゃ、なぜ式場から逃亡したの？」

と、有里が言った。「やましいことがなければ――」

「逃げたんじゃありません！　さらわれたんです」

「そんなに簡単に大の大人がホテルからさらわれる？　あんなに人が沢山いる所で」

「実際にそうだったんです！」

「まあ、落ちついて」

と、殿永がなだめて、「岩下さんがさらわれたのを見た人もいない。あり得ないことではありませんが……」

「分らないのは、そこからなぜ、この女刑事さんを殺す話になったか、ですね」

と、亜由美は言った。「小堀さんを殺しても、事態は少しも変らないわ」

「その通り」

と、浜中純一が言った。「彼女を恨んでる人間はいるだろう。でも、岩下教授やみちるさんとはどうつながるのか……」

話はひたすらこんがらがっていた。

「――そういえば、みちるさん」

と、亜由美が言った。「小堀さんを殺すように指示して来た電話は、女の声だったと言いましたよね？」

「ええ」

「聞き覚えのある声だった？」

みちるは少し考え込んでいたが、

「いいえ、知らない声です。少なくともよく知っている人じゃなかったわ」

と言った。

そのとき、殿永のケータイが鳴った。

「――ゆうべのホテルだ。――もしもし」

向うの話を聞いていた殿永は、ちょっと咳払いして、「亜由美さん、出てもらえますか？」

「ええ。何か……」

「いや、ちょっと……」

殿永からケータイを受け取ると、

「塚川ですが」

「恐れ入ります。昨夜お泊りいただいた、塚川様ご夫妻の部屋に、忘れ物らしいものが……」

「まあ、すみません！　何を忘れたんでしょう？」

「それが――女性のパジャマで、それも、下の方だけですが」

亜由美は思わず息を止めてしまった。

「――お母さん」

「どうかしたの?」

母、清美も少し離れて座っていたのである。

「パジャマ、忘れて来たでしょ。それも下の方だけ」

「そうだった?」

清美は顔色一つ変えずに、「脱いだのが毛布の中に紛れ込んだのよ、きっと」

「全くもう! ――もしもし、処分していただいて構いません」

と、亜由美は言ったが、

「いえ、お客様の物ですから、ちゃんと伺っている住所へお送りします」

送られても恥ずかしいようなものだが、

「では、お手数ですが、よろしく」

「かしこまりました。私はデビッドです」

「え?」

あのイギリス人の支配人だ。亜由美はびっくりして、

「声だけだと日本の人かと思ってしまいますね」

と言った。

「恐縮です。では――」

「待って下さい!」

突然、ある考えが浮んだ。「デビッドさん、ゆうべそちらに泊っていたアンナ西崎さんですが、アンナさんは日本語が話せますか?」

「ええ、もちろんです。アンナさんは確か十代

の半ばまで日本で育っていますから、日本語は私以上です。むろん、二人でお話するときは英語ですが。それが何か?」

――電話の声だけ。みちるが聞いたのは……。

「――アンナさんが?」

と、みちるは驚いて、「もちろん、声はよく知りませんけど……。でも、どうしてアンナさんが?」

「まさか!」

と、有里が言った。「大使夫人ですよ!」

「確かに、理由はないような気がします。でも、ゆうべ私たちと同じホテルにいたのはなぜでしょう? しかも、早朝にホテルを出てしまったんです。何か私たちの知らない理由があったのかもしれません」

亜由美の話にも、有里は納得できないようだったが、

「ともかく、調べてみることです。どこか思いがけないところでつながっているかもしれませんよ」

淡々とではあるが、説得力のある言葉は、亜由美の母、清美のものだった。それは、ベテラン刑事の有里にとっても、どこか逆らいがたいものを持っていた……。

8　霧は晴れて

「やっぱり早めに切り上げることになったわね」

と、有里は言った。

「仕方ないよ」

と、浜中純一は首を振って、「まさか、こんなにややこしいことになるなんて」

二人は、ホテルのフロントで、チェックアウトの手続きをしようとした。

「――母さん」

と、純一は、ロビーに出て来た母、照代に、声をかけた。「一緒にチェックアウトするから、シングルの方のルームキーを渡してくれる？」

「今渡したら、私が部屋に入れないでしょ」

と、照代が言った。「それに、まだ予約の日数は残ってるでしょ」

「そうだけど、あんなことがあって――」

「あんなことって？」

「だから――誰かがベッドにナイフを――」

「ベッドは交換してくれるって話だったわ」

「でも――」

「あのね、私は看護師よ」

「知ってるよ」

「病院で夜勤なんかしてごらんなさい、とんでもないことになるなんて」

もないことなんか毎日のように起る。殺されそうになることは——そりゃあ珍しいかもしれないけど、人の命にかかわることはいつも起ってる。どんな状況になっても、それに柔軟に対処できなかったら、看護師はやっていけないの」

と、照代は堂々と述べた後、「だから、あんたたちも、殺人くらいでハネムーンを切り上げないで、予定通り過しなさい」

「母さん……」

「シングルは私が使う。あんたたちは、せいぜい広いベッドで楽しむといいわ」

そう言って、照代はさっさと行ってしまった。

純一と有里は、しばしポカンとしていたが、

「——どうする?」

「そうね……。『殺人くらいで』っていうのはどうかと思うけど……」

有里は、ちょっと肩をすくめて、「でも、もちろん、私がいなくても、いい部下が何人もいるし、ちゃんと警察は動いてるわ」

「それじゃ……」

「チェックアウトは、さし当りやめときましょうか」

有里は、フロントの方へ、「ごめんなさい。まだ出ないことにしたわ」

「はあ。ごゆっくり」

——二人は顔を見合せると、

「何なら今から……」

「そうね。ハネムーンですものね」

突然の盛り上りが合致して、新婚の二人はエレベーターへと手をつないで急いだ。

「〈ドント・ディスターブ〉の札をさげとくの、忘れないでね」

　エレベーターの扉が閉るとき、有里はそう言った……。


「大丈夫ですか?」

　と、亜由美が声をかけると、ラウンジでコーヒーを飲んでいた今井信代は、

「ああ。――ご心配かけて」

「いえ、そういうわけじゃ……。ドン・ファンがご挨拶したいようだったので」

「クゥーン……」

　ドン・ファンが信代の足下に身を沈めた。

「まあ、お利口なワンちゃんね」

「本人は犬と思ってないかもしれません」

　亜由美は、向いの席にかけて、「東京へ戻られるんですか?」

「ええ、遅くなっても、今夜中に戻らないと。ズームでの難民問題の会議があるので」

　そうなのだ。娘が死んでも、救いを待っている何百万という人々がいることを、忘れるわけにはいかない。

「考えたんですけどね」

　と、信代が首を振って、「里美の相手が誰だったのか。――そんなときに相談できない母親じゃ、仕方ないですね」

「里美さんがお付合していた男性で、ご存じの人は？」

「それがちっとも……。初めから、そういうプライベートなことには干渉しないと決めていたので、何も訊きませんでした」

「そうですか」

「留学させるときには、きっと向うで好きな男の子ができるだろうと思ってました。却って、こっちで経験がないと、戸惑うかしらとか心配して……。でも、本人はちゃんと分ってたんですよね」

亜由美は運ばれて来たコーヒーを一口飲んだが、

「里美さんの専攻はイギリス文学でしたね？」

「そう聞いてます」

「留学してたんですか？　どちらへ？」

「イギリスです。オックスフォードに一年ほど」

「いつごろですか？」

「高校三年生でした」

「そのとき、西崎さんはもう大使だったんですか？」

「ええ、里美がイギリスに来るというので、喜んでいたようです」

信代のケータイが鳴って、「ごめんなさい。――ハロー」

英語で話しながら、信代はラウンジを出て行った。

「ワン」

ドン・ファンが亜由美を見上げて、ひと声吠えた。

「あんたも、そう思う?」

亜由美はドン・ファンの頭をなでると、「東京に戻らなきゃ」

と言った。

そして、ラウンジを出ると、ケータイで殿永にかけた。

殿永は午前中に東京へ戻って行っていた。

「——亜由美さん、何かありましたか?」

「アンナさんは今どこに?」

「それが分らないんです。何しろ立場があるので、調査するにも……」

「殿永さん、もう一人、調べてもらいたい人がいます」

と、亜由美は言った。

ケータイを切ると、ちょうど加東なつきがやって来た。

「なつきちゃん、お願いがあるの」

「先生の頼みなら何でも!」

「急いで東京に戻らないと。車、すぐに出られる?」

「もちろんです! でも……」

と、なつきはちょっと考えて、「急ぐんですか? とても?」

「ええ。早ければ早いほど」

と、亜由美は言った。「でも、いくらポルシェでも、スピード違反で捕まったら、ちっとも早くならないものね」

「それじゃ、頼んでここへ来てもらいます」

と、なつきは言った。「ヘリコプターに」

小学校の校庭から、ヘリコプターは砂埃《すなぼこり》を巻き上げながら、飛び立った。

「ちゃんと、学校には使用料を払いましたから！」

と、なつきが言った。

「いい相棒を持って幸せだわ」

「ワン！」

というわけで、亜由美とドン・ファン、そしてなつき。――ついでに、難民問題を抱えた今井信代も、同乗していた。


高く上ると、ヘリは一気に東京へと向ったのだ。

その途中でも、亜由美は殿永と連絡を取っていた。ヘリコプターで向っていると聞いて、殿永は笑ってしまったが、

「いや、それで良かったんです。車や列車では間に合わないところでした」

「というと？」

「今夜遅くには、もう発ってしまっているはずですから」

と、亜由美は言った。

「間に合わせるわ」

ヘリの中ではあまり話ができない。後は沈黙のまま、ヘリはひたすら東京へ向っていた……。

そこは核シェルターとしても使えるように作られた地下室だった。

普通の地下室より遥《はる》かに深く、コンクリートの分厚い壁が音声を遮っている。

鉄の重い扉のロックが音をたてて外れると、扉は少し錆《さ》びついた、きしみ音をさせて開いて来た。

簡易ベッドから、岩下が起き上った。

「——お待たせして」

と、部屋の中へ入りながら言ったのは、アンナ西崎だった。「ベッドの寝心地が悪かったでしょうね」

「そんなことはどうでもいい」

と、岩下は言った。「どうなったんだ、みちるは？」

「本当にあなたを愛していたのね。しっかり、小堀刑事を射殺してくれたわ」

岩下は表情をこわばらせて、

「みちる……」

と、呻くように言った。

「泣くことはないわ」

と、アンナは平然と、「あの人にとっては、最愛の人の命を救うことになったんですもの。後悔はないでしょ」

「彼女の罪じゃない！」

「そう。ここに告白書があるわ」

と、アンナはバッグから手紙を取り出して、

「これにサインをして。あなたが命令して、みちるさんに人を殺させた、って告白よ」

「それでどうなる」

「みちるさんの罪は軽くなるでしょうね。そして、あなたが罪を償う」

アンナの手に拳銃が握られていた。

「どうせ私も殺すつもりだろう」

「死ぬとしても、みちるさんの名誉を守ってあげたら？　彼女は夫への愛ゆえに人を殺したってことになる」

岩下はその手紙を手に取ると、

「みちるを殺したりしてないな」

と言った。

「ええ。約束するわ」

「信じていいのか」

と、岩下は言った。「大体、なぜ私が刑事を殺させるんだ？　理由がない」

「そんなことは、あなたの知ったことじゃない。あなたはそれにサインすることで、妻への愛を立証するのよ」

アンナは油断なく銃口を岩下へ向けていた。飛びかかられない程度の距離を取って。

岩下は脱いでいた上着からボールペンを取り出すと、手紙の終りにサインした。

「結構、手紙を……」

「さあ、受け取れ」

と、岩下が差し出す。

だが、アンナは近付こうとしなかった。

「床に置いて。そして、あなたはベッドの向う側に行くの」

警戒していたアンナは、もちろん物音や足音にも敏感だったはずだ。

しかし、そのとき、部屋へ入って来たのは、足音のしない――。

「ワン！」

激しく吠える声の不意打ちに、アンナはびっくりして飛び上った。

岩下が飛びかかった。アンナは床に仰向《あおむ》けに倒れて、拳銃が手から飛んで行った。

「もう大丈夫です」

と、入って来た殿永が、アンナの手をねじ上げて、手錠をかけた。


「何するの！　私は大使夫人よ！」

と、アンナは叫んだ。

警官が数人、入って来て、アンナを連行して行った。

「みちるは――。みちるは無事ですか？」

と、岩下は訊いた。

返事より早く、部屋へ駆け込んで来たのはみちるだった。

「先生！」

「みちる！　良かった！」

岩下は妻を抱きしめた。殿永は咳払いして、

「ご安心下さい。奥さんは小堀刑事を殺していません」

岩下はちょっと笑って、

「君に人殺しができるとは思わなかったよ」

「あら！　先生を助けるためなら、やりましたよ、私」

と、みちるが不満げに言った。

「どうかな。しかし、そんなことにならなかったんだ。何よりだよ」

と、岩下はみちるをしっかり抱きしめて、

「そのワンちゃんはどなたの愛犬ですか？　実にいいタイミングの登場だったが」

「飼主は今、成田《なりた》空港に行ってます」

と、殿永が言った。

「どうぞごゆっくり」

と、航空会社の男性が言った。「時間になりましたら、ご案内に参りますので」

「うん、ありがとう」

半ば白髪になった、上品なスーツの男は、空港内のＶＩＰ用ラウンジで、ゆっくりと寛いだ。

広いラウンジだが、他には客がいない。

西崎は立ち上ると、自分でコーヒーをいれ、皿に盛ってあるサンドイッチを小皿にいくつか取り分けて、ソファに戻った。

時計を見ると、

「まだ一時間あるか……」

と呟いた。

自動扉がスルスルと開いて――。

「西崎大使でいらっしゃいますね」

「そうだが……」

「塚川亜由美と申します。ちょっとお話が」

「何だね？　取材なら、ちゃんと広報を通してもらわんと」

「取材ではありません」

「私は間もなくロンドンへ発つんだ。あまり時間がない。急ぎの用でなければ――」

「時間は充分あります」

と、亜由美は言った。「イギリス行きはキャンセルになるでしょう」

「何の話だ？　君は一体――」

と言いかけたとき、西崎のケータイが鳴った。

「お出になった方が。たぶん、大切なお知らせです」

西崎はケータイを取り出した。

「――もしもし、西崎だ。――警察？　――何だと？　妻が逮捕とはどういうことだ！」

顔を紅潮させて、西崎は、「私は大使だ！　ロンドンでの国際会議のホストをつとめなくてはならん。何があっても――。もしもし？」

西崎は亜由美を見ると、

「君は何者だ？」

「娘さん――里美さんの通っておられたH大の岩下教授、ご存じですね？　その奥さんの真田みちるさんの友人です。――もっとよくご存じの方がいらしてますよ」

自動扉が開く。――西崎が息をのんで、

「信代……」

今井信代は亜由美と並んで座ると、

「里美が亡くなったというのに、あなたは……」

「仕方なかったんだ。こういう仕事だ」

「でも、里美さんが亡くなる直前、帰国されてますね」

と、亜由美は言った。「大使として、一日、二日でロンドンとの間を往復しても、誰もふしぎに思わない。あなたは里美さんに会いに帰って来た」

「何の話だ?」

「里美さんは、真田みちるさんに、『人を殺すかもしれない』と、不安を訴えていました。『殺されるかも』というのなら、ストーカー被害だったとも考えられます。でも、そうじゃない。『殺すかもしれない』だったんです。夢の中で、誰とも分らない相手を殺していたと。そして、実際に、誰かが寝ている里美さんの所へやって来たそうです」

西崎は目をそらして、黙っていた。

「里美さんは高校三年生のとき、イギリスに留学した。当然、現地の若者たちと、はめを外すこともあったでしょう。酔って、父親の所へ転り込むことも。——あなたは、すっかり大人の女になった里美さんの酔い潰れた姿を見て、我を忘れた。——違いますか?」

亜由美は続けた。「里美さんは、何があったのか、分ってたでしょう。でも、お父さんのことを好きだったから、心の中で否定した。まさか、お父さんが、と思っていた。でも、あなたは帰国する度に里美さんと会わないではすまなくなった。そして――心の中から、父親との記憶をしめ出していた里美さんも、夜、やって来た人をはっきり意識した。――里美さんは身ごもっていたんです」

それを聞いて、信代が涙を拭った。

「――現実を見つめざるを得なくなった里美さんは、あなたを呼び出した、夜、大学に」

亜由美は、じっと西崎を見つめて、言った。

「本当のことを言って下さい。里美さんは自分で飛び下りたんですか。それとも、あなたが突き落としたんですか」

信代が息をつめて、西崎を見ていた。

「――突き落とした、だと?」

と、西崎は言った。「自分の娘に、そんなことをするものか」

「では、里美さんは――」

「しかし、私が殺したも同じだ」

西崎の言葉に、信代が、かすれた叫び声を上げた。西崎は、震える声で言った。

「里美は、大学の一階のロビーで待っていた。私が正門から入って行くと、誰かが廊下を歩いていて、すれ違った。――見たことのある顔で、後になって思い出した。岩下という教授だった。以前、〈イギリス文学〉のシンポジウムに協賛したとき、会ったことがあった。向うはこっちのことが分っていたかどうか。お互い、目が合ったので、ちょっと会釈したが……。そして、里美が明るい所へ出て来た」

西崎は少し間を置いて、「――里美から、何もかも聞いた。確かに、後であの子が何も憶えていなかったのをいいことに、私は何度もあの子のベッドに入って行った。しかし……妊娠したと聞いて……」

「それで、何があったんですか？」

「深い考えはなかった。何を言っていいか分らなかったので、つい、ろくに考えもせず、口にしてしまった。――『他の男の子供じゃないのか』と」

信代が首を振って、

「何て残酷なことを……」

「そう気付いたときには、里美は駆け出していた。階段を駆け上っていた。あわてて追った。必死で、懸命に階段を駆け上った。しかし、この年齢だ。息が切れ、とても追いつけなかった。――やっと屋上に上ったとき、もう里美の姿はなくて……。見下ろすと、里美が倒れていた……」

「あなたが殺したのよ」

と、信代が言った。「それなのに、何もなかったようにイギリスへ……」

「今度の会議は、日本がホストになる。これだけは何とかやりとげたい。その後で、辞表を出すつもりだった」

西崎は深く息をついて、「それで――どうなるのかね?」

亜由美はしばらく黙っていた。

自動扉が開いて、航空会社の男が入って来ると、

「大使、そろそろ搭乗口の方へ」

と言った。

「それじゃ、西崎大使はイギリスへ?」

と、なつきが言った。

「ええ。会議が終り次第、辞任するでしょうね、確かに」

と、亜由美は肯いた。

「でも——そうなると、岩下先生をさらったりしたのは、どういうことになるんですか?」


と、真田みちるが訊いた。

なつきが開設した〈塚川亜由美探偵事務所〉である。

亜由美とドン・ファン、なつきに加えて、真田みちる、今井信代、そして小堀有里、浜中純一夫婦、殿永もやって来ていた。

神田聡子《かんださとこ》が一同においしいコーヒーを出していた。

「西崎アンナが供述しています」

と、殿永が言った。「里美さんの死の真相を夫から聞いて、何とか秘密を守ろうと思ったそうです。ところが、警察にいる知人から、里美さんが殺されたのかもしれない、として捜査に入ったと聞かされます」

「西崎さんは、その夜、大学で岩下さんと出会っていたとアンナに話したんです」

と、有里が言った。

「それで思い付いたのね、里美さんを身ごもらせたのが岩下さんだってことにできないかと」

と、亜由美は言った。

「アンナは、岩下さんとみちるさんの結婚式があると知って、Kホテルへ行った。ハネムーンに海外へ行くと聞いたので、その前に岩下さんと会っておきたかったんです」

と、殿永が続けて、「アンナは岩下さんの顔がよく分らなかったんですよ。ところが、ロビーで岩下さんとみちるさんのことを見ていると、小堀刑事が岩下さんを『殺人犯だ！』と大声で捜しに来たわけです」

「思い出しても、恥ずかしいです」

と、有里が汗を拭った。

「岩下さんは、大学から電話があって、ちょうどロビーから出て行っていた。それで、アンナはとっさに思い付いたんです。岩下さんが逃亡したことにすれば、犯人に仕立てられると」

殿永は、苦笑して、「岩下さんも浮世離れした学者ですね。アンナから、大使が重大な用件で至急会いたがってると聞いて、みちるさんを置いて、アンナの車に乗ってしまった。アンナは車のトランクに入っていたレンチで岩下さんを殴って気絶させ、元大使館の別邸だった建物へ運んで行ったんです」

「じゃ、その場で思い付いたことなんですか？」

と、みちるが訊いた。

「まあ、アンナが行動力のある女性だということは確かですね。以前大使館で不始末を起してクビになった男を知っていたので、呼び出して、金を出すからと言って手伝わせたんです。その男もつい昨日、逮捕しました」

「その男から拳銃を手に入れたのね」

と、亜由美が言った。「でも、どうして小堀刑事さんを殺せなんて指示をみちるさんに？」

「まさか本当にやるとは思わなかったでしょう。ウエディングドレスで駆け回っている小堀さんを見ていて、思い付いたんです。要は岩下さんに、自分が里美さんを死なせたと認めさせたかった。里美さんの恋人だったという告白の手紙を作って、サインさせ、自殺に見せかけて殺そうと……」

「ひどい人！」

と、みちるが顔を真赤にして言った。

「自分で自分を追い詰めてしまったんですね。大使を守りたい一心で。――みちるさんが本当に小堀刑事の所へ行くか確かめようとしたのですが、土砂崩れで足止めされてしまった」

と、殿永は言った。

「じゃ、母のベッドをナイフで刺したのは誰なんですか？」

と、純一が言った。

「アンナは、岩下さんの監禁を手伝わせた男を、先に〈風光館〉へ行かせていたんです。しかし、男は人殺しまではしたくないので、空のベッドと知りつつナイフで刺しておいたんですね。ともかく、みちるさんが本当に小堀刑事を殺そうとしたと、岩下さんに信じさせたかったわけで」

殿永の話に、みちるは、

「土砂崩れにあって良かったわ」

と言った。「私、きっと本当に小堀さんを殺してた」

「岩下先生を愛してるんですね」

と、有里が言った。

「でも無事で良かったわ」

と、亜由美は息をついて、「気の毒なのは里美さん……」

「私が何とかしてあげられたら良かった」

と、信代はため息をついた。「代りに、自分の使命に打ち込みます」

小堀有里が、ちょっと咳払いして、

「あの——私どもの早とちりで、あんな騒ぎになってしまい、申し訳ありませんでした」

と言った。

「でも、あなた方の式も……」

と、なつきが言うと、有里と純一はチラッと顔を見合せ、

「実は、もう一回、披露宴をやり直すことにしました」

と、有里が言った。「よろしければ、ご出席

下さい」

「ワン」

真先に、「出席」の意志を表明したのは、ドン・ファンだった……。

エピローグ

ナイフはこういう風に使うものよね、と亜由美は思った。

有里と純一の二人が手にしたナイフはウエディングケーキにゆっくりと刃を沈めて行った。

スマホで動画を撮る者、写真を撮る者、大勢が、ケーキの前に集まっていた。

「亜由美さんもいつか……」

と、隣の席でみちるが言った。

「そうですね。でも、まだ当分は……」

と、亜由美は肩をすくめて、「みちるさん、ハネムーンはどうなったの？」

「先生が忙しくて」

「僕のせいにしないでくれよ」

と、岩下が言った。「大学の方で勝手に予定を入れてくるんだ」

「ワン」

「ドン・ファンも言ってますよ。そんなこと気にしてたら、いつまでも行けないよ、って」

「確かに」

岩下は肯いて、白いタキシードの純一とウエディングドレスの有里を眺めていたが、「そうだな。——みちる」

「え？」

「明日のヨーロッパ行きの便、何か取れるかな？」

「明日？」

と、みちるは目を丸くして、「そりゃあ、取ろうと思えば……」

「取ってくれ。僕は明日から行方不明になると大学には言っとく」

「先生、行方不明はもうやめて！」

と、みちるは悲鳴のような声を上げた。

「――でも、良かったわ」

と、神田聡子が言った。「今日は大事件も起らないみたいで」

司会者が、

「では花嫁はお色直しのため、一旦退出します」

有里がいなくなると、純一の隣の席に母親の照代が座った。

「母さん、ご機嫌は？」

と、純一が言った。

「まあまあね」

「忙しいだろうけど――その内、孫の面倒をみてもらうことになるかもしれないよ」

「任せて」

と、照代は言った。「面倒みるのは慣れてるわ」

――食事しながら、

「亜由美、ご両親は今日、来てないの？」

と、聡子が訊くと、

「うん……。何だかね、あの会員制のホテルを気に入っちゃって。会員でもないのに」

「いいんです」

と、なつきが言った。「特別会員の枠っていうのがあるので」

——こんなお金持の助手を持った名探偵っていないわよね、と亜由美は思った。

やがて、お色直しの華やかなドレスに身を包んだ有里が、スポットライトを浴びて、会場に戻って来た。

亜由美は力一杯拍手しながら呟いた。

「平和が一番……」

花嫁の夏が終る

プロローグ

「ねえ」

と、その女性は亜由美《あゆみ》の手をギュッと握って言った。「どっちへ行けばいいと思う?」

「え……」

そう訊《き》かれても、どう返事したものか、亜由美にも分らない。

「お願い！　どっちがいいか、言って！」

とくり返す声には、疑いようもない「必死さ」がこもっていた。

この人は本気なのだ。本当に、亜由美に決めてほしがっているのだ。

「私は……」

亜由美はゆっくりと言葉を押し出すように言った。「右へ——いいえ、左へ行った方がいいと思います」

それを聞いて、その女性の頰は赤く染った。

「そうね。——左へ行った方がいいのよね」

と、何度も肯《うなず》くと、「そうだわ。私も、きっとそう分ってたのよ。左へ。左へ行くのが正しいって」

「そうですか……」

だったら、いちいち訊かなくたって、と思ったが、そうは言わなかった。

「私——行くわ」

と、女性は立ち上って、「ありがとう！」

「いえ、別に……」

「あなた、お名前は？」

「塚川《つかがわ》亜由美です……」

「亜由美さん。私、中堀久美子《なかほりくみこ》というの」

「はあ」

「憶《おぼ》えていて下さいね。中堀久美子です」

「久美子さん……ですね」

「ええ。ありがとう」

とくり返すと、その女性は亜由美の手をもう一度、固く握って、それから駆け出して行った。叩《たた》きつけるような雨の中へと。

「——どうしたの、今の人？」

と、トイレから戻って来た神田聡子《かんださとこ》が言った。

「あれじゃ、ずぶ濡《ぬ》れになるよ」

「うん……。そうだけど」

と、亜由美は言った。「でも、ともかく行かなきゃならなかったみたい」

「どこへ？」

亜由美は肩をすくめて、

「どこかへ」

と言った。

——大学生の二人、塚川亜由美と神田聡子は、夏休みも終り近く、この高原にやって来ていた。日射《ひざ》しは強くても、都会のムッとする暑さはなく、二人は上天気の三日間を、散策とドライブで過した。

そして帰ろうという日、ホテルから駅へ向う途中で、雨が降り出したのだった。

それでも、駅へ駆け込んで、あまり濡れずにすんだ。一分とたたない内に、

「間一髪だったね」

と、聡子が言ったほどの大雨になった。

列車までは三十分以上あった。古びた駅舎の待合室は、黒ずんだ色になってしまっている木のベンチで、これはこれで懐しい感じがする。

待合室には、先に一人の女性客がいた。ちょっと妙なのは、旅行客にしては、バッグ一つ持っていなかったことだ。

三十歳ぐらいだろうか。こういう駅にはちょっと場違いな、オフィスで着るような紺のスーツを着ていた。

そして、亜由美たちが、駅ホームの売店でお弁当など買い込んでいる間も、その女性は、全く席を立とうとしなかった。

「あと五分ね」

と、聡子が、「ちょっとトイレに」

と立って行く。

亜由美はケータイを取り出して、何時ごろ家に着くか、見当をつけようとした。

そこへ、

「聞いてちょうだい！」

と、いきなり、あの女性が亜由美の隣に座ったのである。

「あの……」

「教えてほしいの！」

と、その女性は言った。「私がどっちへ行けばいいか」

「は？」

色々、とんでもないことに出食《でく》わすのは慣れている亜由美だったが、さすがにその突然の問いには返事ができなかった。

「ね、お願い。右へ行くか、左がいいのか、決めてちょうだい」

と言って、亜由美の手を握った。

「そう言われても……」

「あ、あなたに決めてほしいの。そうなのよ」

「でも――」

「あなたの言う通りにするわ。だから、お願い」

と、その女性はくり返した――というわけである。

聡子にその事情を説明している暇はなかった。

「間もなく一番線に上り列車が参ります」

というアナウンスが、ホームに響いたのである。

「行こう」

と、亜由美はバッグを手にして立ち上った。

列車に乗って、席に落ちつくと、亜由美は今の出来事が、夢でも見たんじゃなかったかと思った。

「どうでもいいや……」

たとえ本当にあったことだとしても、もう亜由美とは何の関係もない。

列車はすぐに動き出した。――雨は一段と強く降り続けていた。

ふしぎなもので、そんなにお腹《なか》が空《す》いているわけではないのに、列車が動き出すと、お弁当を開けたくなる。

「――食べるか」

「うん」

意見が一致して、二人はついさっき買ったばかりのお弁当を食べ始めた。もちろん「絶品!」と言うほどの味ではなかったが、ほどほどで、まあ、旅先ではこんなものだろう。

アッという間にお弁当を食べ終えると、今度は眠くなる。これもお約束のようなもので、前の晩、しっかりホテルで寝ているのに、列車の振動のせいか、いつしかウトウトしてしまう。

そう……。楽しい旅行だったわ。

ただ――最後の最後で、妙なことに出食わしたが。

あの女の人……。何て名前だっけ?

よく思い出せなかった。――何とか……久美子。

そうだ。久美子っていったのは憶えてる。でもその前は? 姓が思い出せない。

何だっけ? 考えている内に、ますます眠くなり、亜由美は本当にぐっすり眠り込んでしまった。

ただ夢の中では、愛犬ドン・ファンが出て来て、

「右がいい？　左がいい？」

と訊いたりして……。

「あんた、いつから人間の言葉を話すようになったの？」

と、亜由美は目を丸くしていた。

そしてドン・ファンの後には、母の清美《きよみ》が出て来て、

「右へ行くと落とし穴、左へ行くと地雷が埋ってるのよ」

と言った。

「どっちもだめじゃないの！」

と、亜由美が言うと、

「右と左の真中って道があるでしょ」

「だって、右か左かとしか訊かれてない」

「それはあんたが不真面目だからよ」

「どうしてそういうことになるのよ！」

亜由美は抗議した。そして——その先はもう深い眠りに落ちて行ったのだった……。

1　ある駆け落ち

休みボケ。

そう言ってしまっては、身も蓋もない。

理屈をつければ、「夏休み中、充実した日々を送っていたので、その疲れが、大学が始まっても抜けないのである」ということになるだろうか。

午前中の講義など、学生が次から次へと大《おお》欠伸《あくび》をするので、先生の方が呆《あき》れてしまって、

「君たちは昼寝しに大学へ来ているのか？」

と言ったくらいだ。

それでも、何とか昼休みまで持ちこたえた亜由美は、学食でランチを食べていた。

そこへ、

「先生！　お久しぶりです！」

と、隣に座ったのは、勝手に亜由美の助手を名のっている後輩の加東《かとう》なつき。家は金持で、大学近くのマンションの一室を借りて、〈塚川亜由美探偵事務所〉を開いている。

「ちょっと、大学の中で『先生』はやめてよ。紛らわしいでしょ」

「でも、やっぱり助手は、名探偵を『先生』って呼ぶもんでしょ」

「好きにして」

もう諦めている。それに、加東なつきと一緒にいると、「さりげなく高級フランス料理」の店に入ったりして、亜由美もごちそうになったりする。

「あ、そうだ。今日午後三時にお客が」

と、なつきが言った。

「探偵事務所に？」

「そうです」

「ちょっと……。私はただの大学生よ」

「でも、もう今さら無名と言っても……。やはり大学生としては有名です」

確かに、普通の大学生と比べたら、色々危い目にもあっているし、事件解決に貢献してはいるだろう。

「――そのお客って、何の用なの？」

「さあ。それは聞いてみないと」

「分ったわ。でも、どうして私のことを知ってたのかしら」

「それは聞いてませんけど、向うから、『どうしても塚川亜由美さんでないと』って言って来てるんです」

「私の名前を出したの？　――誰だろ」

「ともかく、三時ですから。先生、忘れて帰っちゃうといけないんで、二時四十五分に正門の所で待ってます」

さすがは助手を名のるだけあって、亜由美のやりそうなことを分っている。

ともかく――午後三時の五分前、亜由美となつきは、〈塚川亜由美探偵事務所〉のドアを押して中へ入ったのである。

受付では、ここのバイトで稼いでいる神田聡子が眠りこけていた。

「聡子！　お客は？」

と、肩を叩くと、聡子はハッと目を覚まして、

「先生！　宿題、忘れました！」

と叫んだ。「――あれ？」

「何よ、寝ぼけて。お客、来た？」

「ああ、三時って約束の人……。まだ来てない」

「そう。すっぽかしてくれたら、ありがたいようなもんね」

と、ドアを開けると――。

「お待ちしてました」

と、ソファから、スーツ姿の女性が立ち上った。

「あの……」

「受付の方はぐっすり眠っておられたので、起すのも気の毒だと思って」

「恐れ入ります……」

役に立たない受付だ！

とりあえず向い合ったソファにかけると、

「私が塚川亜由美ですが。ええと……」

「私、中堀充代《みつよ》といいます」

「はあ。それでご用件は？」
二十七、八と見えるそのきりっとした感じの女性は、真直《まっす》ぐ背筋を伸して、
「姉を返して下さい！」

と言った。

亜由美は、ただ面食らって、

「お姉さんを……」

「見付けて、返して下さい」

「おっしゃる意味がよく――」

「あなたが、姉をそそのかしたんでしょ！」

と、声のトーンが上った。

「待って下さい。何のことですか？」

「姉は、中堀久美子といいます」

「あ……」

やっと思い出した。あのときの女性、中堀っていった！

「お分りでしょ？」

と、中堀充代は言った。

「あの……思い出しました。友人と旅行に行った帰りに、駅の待合室で……」

「姉と会ったんですね」

「ええ。でも――ろくに話もしてません。わけが分らなかったんです。突然、私のそばへ来て、『右に行った方がいいか、左に行った方がいいか』って訊いて来たんです」

「どう答えたんですか？」

「ええと……確か『左へ』って……。そうです、左って言ったんです」

充代はじっと亜由美をにらんで、

「そのせいで、姉はろくでもない男と駆け落ちしてしまったんです！」

と言った。

「駆け落ち?」

「そうです。駅を出て、右へ行けば、姉夫婦が泊っていたホテルがありました。でも左へ行くと、姉を誘惑していた悪い男が待ってたんです」

「それで駆け落ちを?」

「そうです! そうさせたのは、あなたの責任です」

「ちょっと! 待って下さいよ」

亜由美は、なつきが運んで来たコーヒーを一口飲んで、「――熱い!」

と、声を上げた。

「あのですね、もともと私はお姉さんのことなんか、全く知らなかったんですよ」

と、亜由美は強調した。「ただ、いきなり『右か左か』って訊かれて……」

「知らない人間の人生を左右するようなことをしますか?」

「だって……ともかくどっちか決めろって」

「そんなでたらめ! あの男にお金をもらってたの?」

聞いていたなつきが、

「先生は、お金なんかで行動する方じゃありません。充分、お金はお持ちですから」

いえ、持ってるのはあんたでしょ、と亜由美は心の中で言った。

「ともかく、ホテルではご主人が待っていました。でも、姉は戻って来なかったんです」

「わけが分りませんね。ご主人というのは――」

「姉の夫です。笹井和久《ささいかずひさ》という人です」

「それじゃ――お姉さんは笹井久美子ですね？」

「中堀は旧姓です」

「でも、お姉さん、私には中堀って名前を――」

と言いかけて、「どうしてあなたが、私の名前を知ってるんですか？」

「姉がメールして来ました。〈私は塚川亜由美さんの決めた道を行くことにしたの〉って」

「そんな……」

亜由美はどう言っていいか分らなかったが、なつきから、

「先生、ともかくそのときのことを、包み隠さず、正直に話してみて下さい」

と言われて、

「そうねえ……」

亜由美は、自分をにらみつけている中堀充代の方に、「文句を言いたいことはあるかもしれませんが、ともかく私の話を聞いて下さい」

「分りました」

充代は、不満そうではあったが、腕を組んで座り直した。

「私はその駅の待合室で、今受付にいる神田聡子と二人で列車を待ってた。そのとき、待合室には知らない女の人が一人で、スーツ着て座ってた。そして、聡子がトイレに立って行くと、その女の人が突然立って来て、私の隣に座ったの。そして……」

「じゃ、姉はそこであなたの名前を聞いたんで

すか？　本当に？」

と、中堀充代は言った。

「本当ですよ！　だって、そのときまで、あなたのお姉さんには会ったこともなかったんですもの」

亜由美をしばらく見つめていた充代は、やがて大きく一つ息をついて、

「どうやら嘘《うそ》はついていないようね」

と言った。

「当り前ですよ。私がどうしてそんな嘘つかなきゃならないんですか」

「本当だとして――。でも、なぜあなたは『左』って言ったんですか？」

「どっちか答えなきゃすまなかったからです」

「それが姉の人生を決めてしまったんですよ」

「そんなこと、私に分るわけないじゃありませんか！　何の冗談かと思ってたら、突然雨の中へ駆け出して行っちゃったんです」

充代はため息をついて、

「それじゃ、あなたは姉がどこにいるか、知らないんですね？」

「ええ、全く」

と、亜由美は言った。

すると、なつきが口を挟んで、

「ご主人に心当りはないんですか？」

と言った。「奥さんが駆け落ちしようって相手のことですよ」

「そうですよ！　少なくとも、以前から奥さん

は相手の男と付合ってたはずでしょ?」

「それが全く分らないんです」

と、充代は言った。「笹井さんは、ただ呆然《ぼうぜん》としています。奥さんがいなくなったことが、今でも信じられないんです」

「でも――その男のことは何か分らないんですか?」

「分ってるのは、あの前の何日かの間に、同じホテルに泊っていたに違いないってことだけです」

と、充代は言った。「でも、連休だったし、宿泊客は大勢いました。あの日にチェックアウトした人も」

「待って下さい」

と、なつきが言った。「さっき、あなたはお姉さんが『ろくでもない男』へと走ったと言いましたね。どうしてそんなことが分るんですか?」

「それは……人の奥さんを誘惑して、駆け落ちするなんて、とんでもない男じゃありませんか」

「左に行った……」

と、亜由美は言った。「駆け出て右へ行くと、泊っていたホテル。でも、左へ行くと何があるんですか?」

「何も」

「何も、って……。何かあるでしょ」

「たぶん、男は車で待ってたんだと思います。その車が左の方に……」

「それって、あなたの想像じゃないですか」

と、亜由美は言った。「お姉さんが本当に駆け落ちしたのかどうかも分らないでしょ。一人でどこかへ行ったのかもしれない」

「あの雨の中を、ですか?」

「ともかく!」

と、なつきが話を遮るように、「ここでお互い、何も分らないでしゃべっていても仕方ありませんよ。そうでしょ?」

「あんたの言う通り。——充代さん、でしたっけ。私は大学生です。行方不明者の捜索はできません。警察に捜索願を出して下さい」

「あなたに責任がないって言うの?」

「ご不満でしたら、私を殺していただいても結構です」

亜由美としては、こう開き直るしかなかった。

充代はムッとした様子で、じっと亜由美をにらみつけていたが、やがて勢いよく立ち上ると、

「じゃ、覚悟しといてね!」

と言い捨てて、大股に事務所を出て行ってしまった。

2 夫婦関係

「ね、お母さん」

と、亜由美はパジャマ姿で居間のソファに寝ころびながら言った。「お父さんを捨てて駆け落ちしたいと思ったこと、ある？」

「何よ、いきなり」

と、清美はTVを見ながら、「ドラマの話？」

「違うよ。お母さん自身」

「変なこと訊くのね。ね、ドン・ファン、亜由美はどうかしちゃったんじゃないの？」

「クゥーン」

塚川家の一員である、ダックスフントのドン・ファンは、カーペットに寝そべって、面倒くさそうに鳴いた。

「まさか、お父さんとお母さんって、駆け落ちじゃないよね」

「『まさか』って何よ。男と女は、駆け落ちするぐらいの情熱がなくちゃだめよ」

と、清美は言った。「ただ——私たちの場合は、別に駆け落ちしなくても良かったの」

「そりゃそうか」

「何？　亜由美、駆け落ちの予定でもあるの？」

「そんなもの、予定してするの？」

「相手によるでしょ」

「そうね」

「あんたの言ってた、大雨の中で『右か左か』って訊いて来た女のこと?」

「そう。――見も知らない他人に決めてもらうなんて、そんな無茶なこと、ある?」

「よっぽど迷ってたのね。駅にいたっていうのも妙だわね」

「――そうね」

亜由美は起き上って、「駅にいたってことは――列車に乗るかもしれなかった、ってこと?まさか……」

雨の中を左へ駆け出したが、もしかすると、戻って来て、同じ列車に乗ったのかもしれない。男と二人で……。

「でもね、男と待ち合せるのに、あの雨の中へわざわざ……」

と言いかけて、「――え?」

と、思わず声を上げた。

「どうしたの?　見たいドラマの予約を忘れてた?」

「違うよ!」

――思い出したのだ。

あの事務所へやって来て、散々亜由美に文句を言って行った、中堀充代。

亜由美が、中堀久美子は「一人でどこかへ行ったのでは」と言ったとき、

「あの雨の中を?」

と言った。

「あの雨」と言ったのは、自分も雨を見ていたからだろう。でなければ、「あの雨」とは言わない。

いや、絶対とは言えないが、充代も同じホテルにいたのではないか。

亜由美は、なつきにケータイで電話した。

「なつき、中堀久美子が泊ってたホテル――」

「分ります」

「行ってみよう。予約して」

「いいですね！　何泊します？」

「遊びに行くんじゃないわよ」

と、亜由美は言った。「車、使える？」

「もちろんです！　何ならヘリコプターでも」

「降りる所がないと思うわよ」

「ワン」

ドン・ファンが参加を表明（？）した。

〈S高原ホテル〉は、洒落《しゃれ》た白亜の建物だった。

「ちょっとロマンチックね」

と、塚川亜由美は車からそのホテルを眺めて言った。

「ひそかなブームになってるそうです」

と、加東なつきが言った。

大きな車体のベンツが、〈S高原ホテル〉の正面に着くと、ベルボーイが飛んで来た。

なつきの家の車の一台で、運転手も付いている。

「長いドライブになりますから、大きめの車の方が」

　というわけだった。

　ロビーに入りながら、

「ブームって、このホテルが？」

　と、亜由美は訊いた。

「ええ。週末ともなると、このホテル、不倫のカップルで一杯になるそうです」

　と、なつきが少し声をひそめて言った。

「ああ、なるほどね。そういうブームか」

「ですから、週末に泊るのは、〈田中さん〉や〈高橋さん〉がやたら多いんです」

「分りやすい話ね」

　と、亜由美が笑った。

「ワン」

　と、ドン・ファンも声を合せた。

　なつきがフロントで名前を告げると、

「加東様！　いつもごひいきに」

　と、ホテルの支配人が奥から急いで出て来る。

「すぐにお部屋へご案内いたします」

「よろしく」

　亜由美は、なつきをつついて、

「お宅も不倫してるの？」

「私はまだ独身ですから」

　と、なつきは澄まして言った。

　フロントの男性が、

「お部屋は七階でございます」

　と、ルームキーを手に、「塚川様ご夫妻のお隣になっております」

「は?」

塚川夫妻って……。するると、ドン・ファンが「ワン」と吠《ほ》えて、

「あら、今着いたの?」

と、ロビーをやって来たのは、何と母の清美。

「お母さん! 何してるの?」

「あんたがメモを置いてったでしょ。このホテルの名前、書いて。だから、一緒に来てくれってことかと思ったのよ」

「まさか……」

普通、そうは思わないだろう。

「お父さんは部屋で昼寝してるわ」

「あ、そう」

まさかお母さんは不倫じゃないよね、と訊いてやりたかったが、やめておいた。

亜由美にはもう一つ、恐れていることがあったのだ。

「──亜由美!」

神田聡子がエレベーターから出て来た。

「やっぱりね」

「何よ、私だって〈探偵事務所〉の一員でしょ? 捜査には当然加えてもらわないと」

「遊びに来たんじゃないよ」

と、亜由美は文句を言ったが、今さら帰れとも言えない。

「じゃ、ともかく部屋に行こう」

と、諦めて促した。

では、と一同がエレベーターに乗って、扉が

閉ろうとするとき――。

「あれ？」

亜由美は、ちょうどホテルへ入って来た男の客を見て、目をみはった。

「どうしたの？」

と、聡子が訊いた。

エレベーターが上り始める。

「今、正面玄関を入って来たの――田端《たばた》先生だった」

「田端って……」

「〈文学評論〉の講義してる、田端先生よ」

「へえ！　でも、ここに泊っちゃいけないってこともないでしょ」

「もちろん！　でも、田端先生、一人だった。しかもあの格好……」

いつも、大学では至って地味なスーツにネクタイの五十男なのだが、今見たのは、白のジャケットに、赤いネッカチーフなど首元に覗《のぞ》かせて、あまりにイメージが違う。

「まあ……大学教授にもプライバシーはあるけどね」

と、亜由美は呟《つぶや》くように言った。

「やっと落ちついた……」

やたら人数が増えてしまったので、結局亜由美とドン・ファンで一部屋、なつきと聡子で一部屋ということになった。

もっとも支払いはなつきがするので、亜由美としては少々気がとがめる。

「ともかく、捜査に来たんだからね！」

と、亜由美は言った。

部屋を出ると、合図でもしたようになつきが待っていた。

「聡子は？」

「ベッドで横になったら、そのまま眠っちゃいました」

「役に立たない奴《やつ》！」

まあいい。ともかくフロントに行って、笹井和久と久美子夫婦が宿泊中どうだったか、久美子が駆け落ちしたと覚《おぼ》しき相手は誰だったのか、ホテルの従業員から話を聞かなければならない。

エレベーターの方へ歩いていると、

「今夜は、ちゃんと来てくれよ」

という声がして、亜由美は足を止めると、廊下の角に隠れた。

「どうしたんです？」

と、なつきが訊く。

「今の声。――間違いなく田端教授」

「じゃ、同じフロアに……」

「しっ」

と抑えて、亜由美はそっと顔を出した。

ドアが半ば開いていて、

「でも遅くなりますよ」

という女性の声が聞こえてくる。

「待ってるよ。何時になっても」

と、田端が熱をこめて言った。

講義のときは、あの十分の一もエネルギーが感じられない。

「もう行かないと……。ねえ……」

ドアの所で、ラブシーンを演じている様子だ。——全くもう！

「それじゃ……。夜が待ち遠しいよ」

と、田端が未練たらしく言った。

「私もよ」

と、女性が言って——ドアが閉る。

亜由美は、田端の部屋から出て来た女性が、ブラウスの上から紺のブレザーを着るのを見て、目を丸くした。

「あれって……こ、ここの人、人ですよね」

と、なつきが言った。

「うん。このホテルの制服だ」

ということは、田端はこのホテルで働いている女性と逢《あ》いびきしているというわけだ。

その女性が、ブレザーのボタンをとめて、エレベーターの方へ向う前に、チラッと廊下を見渡した。

え？　——亜由美はびっくりした。

それは、間違いなく、〈探偵事務所〉で散々「姉を返して！」と文句を言っていた、中堀充代だったのだ。

「あの人……ですよね」

と、なつきがやはり目を丸くしている。

「ねえ……。何てことないじゃない。このホテルに勤めてたのなら……」

姉が誰とどう付合っていたか、当然知っているはずだ。

それでいて、なぜ亜由美の所へやって来て、散々文句を言って行ったのか。

「ちょっといじめてやりましょ」

と、亜由美は言った。

〈予約カウンター〉に、その姿はあった。

亜由美たちがカウンターの前に立つと、パソコンの画面を見ながら、

「レストランのご予約でいらっしゃいますか?」

と、中堀充代は言った。

「ついでに、二、三伺いたいことがあって」

と、亜由美が言うと、

「お役に立てることが――」

と言ったきり、凍りつく。

「レストランの予約もしたいんだけどね」

と、亜由美はカウンターに肘をついて、「その前に、ちょっと話があるの」

「あの……ここは職場ですから……」

と、充代は左右へ目をやって、「今は時間が――」

「空いてるじゃない。他にお客いないし」

充代は息をついて、

「――分りました。でも、私、何もわざと隠してたわけじゃ……」

「そんなの通用しないわよ。お姉さんが誰と駆け落ちしたのか、知らないわけがないでしょ」

「知りません」

「ごまかしたって――」

「本当です！　このホテル、ともかく人使いが荒くて、お客様が何をなさってるのか、見ている余裕なんかありません」

「労働問題は専門じゃないから」

と、亜由美は言った。「でも、夜、仕事が終ってからなら、時間あるんでしょ？」

「でも、早くやすまないと。朝も早いので――」

「あら、田端先生は待ちぼうけ？」

充代は言葉を失った。亜由美は、

「あの先生、私の大学の教授なの。知らなかった？」

「そんな……。どの大学の先生かなんて知りませんもの」

と言って、充代は肩を落とすと、「夕食時間には、却《かえ》って手が空きます」

「じゃ、食事の予約を、少し遅らせて」

「かしこまりました……」

と、充代はパソコンに向った。

3　再会

「ルームサービスでございます」

と、声をかけると、

「はい、ちょっと待って」

と、返事があった。

料理をのせたワゴンを押して来た充代は、笑みが浮ぶのを止められなかった。

「どうもご苦労さま」

と、ドアが開いて、「――まあ！」

「いらっしゃいませ」

と、充代は言った。

「充代、ルームサービスの係なの？」

と、姉、久美子は言った。

「そうじゃないけど、ちょっとびっくりさせてやろうと思って。それに、せっかくここに泊ってるのに、一度も顔を合せないんじゃ」

「本当ね。忙しそうね、充代」

奥から、

「食事が来たのか？」

と、声がした。

「ええ、あなた」

「中へ運んでもらえよ」

「いいけど……。ちゃんとした格好してる？」

「どうしてわざわざ……」

「失礼いたします」

と、ワゴンを押して、部屋の奥へ入って行った充代を見て、バスローブをはおっただけの笹井はびっくりした。

「充代君か！　いや——ちょっとシャワーを……」

と、あわててバスローブの前をしっかり合せようとした。

「どうぞお寛《くつろ》ぎ下さい」

と、充代は微笑《ほほえ》んだ。「お姉さんはこれからお風呂？」

「まあね」

と、久美子は照れかくしに笑って、「夫婦の時間って、なかなか取れないのよ」

「分るわ。ゆっくりリラックスしていただくためにホテルがあるんですから」

充代はルームサービスの伝票に姉のサインをもらうと、「——では、ごゆっくり。ワゴンは廊下へ出しておいて下されば」

「承知してるわ」

と、久美子は言った。

廊下に出ると、充代は、ちょっと息をついた。

姉の夫、笹井はもう四十。姉は三十二だ。

二人はまだ結婚して半年ほどにしかならない。

評論家として、忙しく駆け回っている笹井と、秘書をしていた久美子との結婚は、充代も大いに賛成だった。

しかし、忙しい笹井とは、ハネムーンに行く時間も取れなかったのだ。

子供を欲しがっている姉の気持を、充代は知っていた。夫も四十だ。やっと作った二人の時間。——久美子はこの旅の間に子供ができたら、と思っていたのだ。

「頑張ってね」

と、エレベーターのボタンを押して、充代は呟いた。

フロントに戻ると、

「中堀君」

と、フロントのチーフが言った。「駅から電話で、もうじき着くってお客が」

「ご予約は——」

「予約はしてないそうだが、デラックスツインをお二人で二部屋というから、受けたよ」

「そうですね。でも隣同士だと、もう——」

「うん、別々のフロアでもいいそうだ」

「分りました」

ホテルはほぼ満室だった。ダブルブッキングがあった場合に備えて一つ二つは空き部屋があるので、それを回せばいい。

「お願い」

ホテルの正面にタクシーが着くのが見えた。

と、充代はベルボーイに合図して、足早に玄関から出て行った。

タクシーの中で支払いが終ると、ドアが開いた。

「いらっしゃいませ」

と、充代は言った。「お電話いただいた――」

「うん、そうだ」

降りてきたのは、三十代だろうか、ファッションモデルかと思うような身なり、髪型の男性で、ちょっと目をひく端正な顔立ちをしている。

「お荷物はトランクですか」

「うん、頼む」

ベルボーイが、タクシーのトランクからスーツケースを取り出して、台車にのせる。

「お待ちしておりました」

充代は、後から降りて来た背広姿の客へとていねいに声をかけた。「チェックインを――」

言葉が途切れた。

薄笑いを浮かべたその初老の男は、充代の全身をザッと眺めて、

「似合うじゃないか」

と言った。「すっかり大人になったな」

「お父さん……」

血の気がひいた。「どうしてここに……」

「ホテルだろ、ここは？」

と、ニヤリと笑って、「泊っちゃいけないのか？」

充代は、ベルボーイが荷物を台車にのせて、

「あの……」

と、戸惑っているのを見て、

「ではどうぞ、フロントの方へ」

と、何とか立ち直ると、先に玄関へと向った。

フロントには他に誰もいなかった。――仕方

ない。

「宿泊カードにご記入下さい」

と、カウンターの中に入って、手続を始めた。

「うん。――部屋があって良かった」

〈坂田《さか》恭平《きょうへい》〉と記入すると、「おい、お前も書け」

と、若い方の男へ言った。

「適当に書いといてくれよ」

と、肩をすくめる。

「そういうわけには――」

「おい、ホテルの人を困らせるんじゃない」

と〈坂田〉は言った。

「分ったよ」

と、乱暴な字で、〈川上《かわかみ》常士〉と記入した。

「ご住所もお願いします」

そう言っても、本当の住所を記入する客の方が少ないくらいなのだ。

充代も、この二人だけを別扱いするわけにいかなかった。

「お部屋へご案内を」

「おい、お前はそのボーイさんに頼め。俺はこの人に頼む」

〈川上〉は、ボーイにスーツケースを持たせてエレベーターへと向った。

「では、ご案内します」

充代は、ルームキーを手にカウンターから出ると、スーツケースを手にして、「どうぞ」

「悪いな。俺が持つよ」

「結構です」

はねつけるように言うと、充代は、ほとんど駆け出すようにして、エレベーターへと向った……。

「それって、あなたの本当のお父さん？」

と、亜由美は訊いた。

「そうです」

と、充代は肯いて、「ここでは〈坂田〉と名のってましたけど、本名は三崎京平《みさききょうへい》。指名手配中です」

「へえ。何やったの？」

「父は詐欺師なんです」

と、充代は言った。「不動産絡みから、インチキな薬の販売、結婚詐欺まで、何でもやります」

ホテルのロビーのソファで、亜由美たちは充代の話を聞いていた。――ただし、聞いているのは亜由美となつきとドン・ファン。

聡子は、「お腹空いて死にそう！」と訴えて、先に亜由美の両親と食事していた。

「お母さんは？」

「母は亡くなりました。それも父のしていることを知って、ずいぶん辛《つら》い思いをしたせいで、体を悪くして……」

「じゃ、中堀って姓は――」

「母の方の旧姓です。母が亡くなる何年も前から、父は手配されて逃げ回ってましたから」

「大変だったのね」

亜由美はすっかり充代に同情していた。「うちの父も……」

「え？　詐欺師なんですか？」

「違うわ。ただ、少女向けアニメが大好きなの」

恨むほどのことはないようだが。

「それで、その〈坂田〉と〈川上〉は、どうしてこのホテルに？」

と、なつきが訊いた。

「姉のことを知って……」

「お姉さんのこと？」

「ご主人の笹井さんは、その世界では知られた評論家で、各地を講演して回ったりしています」

と、充代は言った。「週刊誌のグラビアに、パーティに出席している笹井さんと姉の写真が載り、父はそれを見たんでしょう」

「お姉さんは、お父さんと会ったんですか？」

「何とか止めたかったんですけど」

と、充代は首を振って、「私も仕事が忙しくて、どうすることも……」

ホテルのダイニングルームから、青ざめた姉、久美子が駆け出して来るのを見て、充代には何があったか分った。

「お姉さん！」

「充代、私――」

と言いかけて、「ちょっと気分が悪いの。部屋へ戻って休んでるから」

「分った」

久美子が行ってしまうと、笹井が心配そうな顔で出て来て、

「今、久美子が——」

「ええ。ちょっと貧血でも起したようです。大丈夫ですよ」

と、充代は言った。「食事なさってて下さい」

「そうか？　じゃ……」

笹井がダイニングルームへ戻って行く。

少しして、〈坂田〉が出て来た。

「お前は食事しないのか」

「お姉さんに構わないで！」


と、充代は〈坂田〉をにらんだ。

「そうはいかない。何しろ可愛《かわい》い娘のことだからな。結婚相手は俺の息子ってことだ。親しくお付合しなくちゃな」

と、〈坂田〉はニヤリと笑った。

「手配中なんでしょ。通報されてもいいの？」

「おいおい。有名な評論家の先生の義理の父親が詐欺師だなんて、マスコミに知れてもいいのか？」

と、馬鹿にするように言うと、「晩飯はなかなか旨《うま》かった。シェフによろしく言ってくれ」

〈川上〉も出て来ると、

「近くにバーでもないのか」

と訊いた。「どうも固苦しいのは苦手でな」

「ホテルを出て駅の方へ行かれると、二、三軒並んでます」

と、充代は言った。

「どうも」

二人が、一緒にホテルの玄関の方へ向う。

「――お姉さんの幸せの邪魔はさせない」

と、充代は怒りと共に呟いた。「殺してやる!」


「ちょっと待って」

亜由美はびっくりして、「殺してやる、って言ったの?」

「ええ」

と、充代は肯いて、「言うぐらいいいでしょ?」

「びっくりした! 本当に殺すつもりだったのかと思って」

と、亜由美が息をつく。

「私のつもりはともかく」

と、充代は言った。「翌朝、〈坂田〉はこの近くの河原で、死体になって見付かったんです」

亜由美たちは絶句した。


「それじゃ――」

と、亜由美は言った。「あなたが殺したんじゃないの?」

「違います」

と、充代は怒ったように、「私が殺したのなら、あなたにこんな話、してません」

「それは理屈ですね」

と、なつきが肯いた。

「だけど――」

と、亜由美が言いかけたとき、ドン・ファンが、「ワン」と鳴いた。

「やあ、どうも」

という声に振り向いた亜由美はびっくりした。

「殿永《とのなが》さん！」

殿永部長刑事が立っていたのである。

「やはり、亜由美さんあるところ、殺人ありですな」

と、殿永は微笑んで、「ひと部屋取っていただきましたよ」

「どうしてここへ……」

と言いかけて、「母から聞いたんですね？」

殿永は、亜由美の母、清美と「メル友」である。

「ええ。亜由美さんたちが、捜査のためにこのホテルへ来ていると知らせて下さったんです」

「だからって……」

すると充代が、

「あのときの刑事さんですね」

と、殿永に向って言ったのである。

「憶えてますよ」

と、殿永は肯いて、「中堀充代さんでしたね」

「え？」

亜由美は思わず二人を見比べて、「まさかお二人は不倫の仲?」

「いや、そうじゃありません」

と、殿永はソファにかけて、「ここで三崎京平が殺されたというので、やって来たのです」

「〈坂田〉と名のっていた、充代さんの父親ですね」

と、なつきが言った。

「殿永さん、三崎を追ってたんですか?」

「そうなんです。三崎は詐欺師でしたが、その被害にあって、自ら命を絶った人も何人かいたんですよ。これはもう間接的な殺人としか言えませんからね」

「本当に、娘として恥ずかしいです」

と、充代が目を伏せる。

「いや、あなたに罪はありませんよ。ただ、三崎がここで殺されたということは……」

亜由美は、ちょっと気に食わなかった。

「その状況をもっと詳しく話して下さいよ」

と、殿永に文句を言う。

「明朝、現場の河原にお連れします」

と、殿永が言った。「今、外は真暗ですからね」

「分りました。つまり、その犯人は分ってないってことですね」

「まあ、そうです」

と、殿永は曖昧に肯くと、「それより、なぜ亜由美さんがこのホテルに来たのか、それを聞かせて下さい」

「右か左か」

「は？」

「ややこしい話になるので、食事しながらにしませんか？」

「ワン！」

ドン・ファンが賛成のひと声を上げた。

「どうして『左』だったんですか？」

と、食事しながら、殿永が訊《き》くと、亜由美はムッとして、

「殿永さんまで、そんなこと訊くんですか」

と言った。「理由なんかあるわけないじゃありませんか！　見も知らない人に『右か左か』って訊かれたら」

「いや、分りました」

と、殿永はあわてて言った。

「どうせ私のせいで殺人が起きたってことになるんでしょ」

と、亜由美はふてくされていたが、しっかり食事は続けていた。

「しかしですね……」

と、殿永は多少遠慮がちに、「殺人があった。そして現場に近いホテルの宿泊客が姿を消した。──その場合、どう考えられます？」

「つまり……三崎を殺したのが、娘の久美子さんだったと？」

「そう決めつけているわけではありません。ただ、可能性としては……」

「それじゃ、私のせいで、久美子さんが逃げたみたいじゃありませんか」

「でも、先生」

と、なつきが言った。「久美子さんが犯人で、逃げるつもりだったら、いちいち『右か左か』なんて訊くでしょうか？」

「そう！　そうよね！　よく言った！」

と、亜由美はくり返して、なつきの肩を叩いた。

大分機嫌の戻った亜由美は、デザートをペロリと平らげて、

「三崎京平と一緒にこのホテルに泊っていた男――川上でしたっけ？　その男はどうなったんですか？」

「行方が分りません。三崎が死体で発見された日に、ホテルから姿を消しているんです」

「じゃ、犯人はその男かも」

「その可能性はあります。しかし、川上というのは当然偽名でしょうが、正体が何者なのか、つかめていないのですよ」

と、殿永は言った。「男の残したブラシに髪の毛が残っていたのを、ＤＮＡ鑑定に出しているのですが、まだ……」

「久美子さんがその川上と逃げたと、充代さんは思っているようです」

「川上の正体が分れば何か手掛りがつかめるかもしれません」

食後のコーヒーを飲みながら、亜由美は、

「久美子さんに逃げられたご主人——笹井さんはどうしてるんです?」

と訊いた。

「奥さんが姿を消してしまったことに、全く心当りがないそうで、気の毒に、『きっと妻は帰って来ます』とおっしゃっていましたよ。講演などの仕事に駆け回っているようです」

亜由美も、同情を禁じ得なかったが……。

先に食事を終えて、のんびりしていた亜由美の両親は、席を立つと、当然隣のテーブルで話を聞いていたわけで、清美が、

「お先に」

と、亜由美たちへ声をかけ、「亜由美はいいお父さんを持って幸せね」

「おかげさまで」

と、亜由美は言った。

「こういう所へ来ると、いつもと違うことが起るものですよ」

と、清美は言った。「久美子さんは、嫌っていた父親と出会ってショックだったでしょう。逃げたくなるのも分ります。でも、もう一つ、こういう場所ならではの雰囲気というものがあります」

「お母さん、それは——」

「久美子さんと、その川上と名のっていた男は大体同じような年齢だったようね。久美子さんの学生時代のことを調べると何か分るかもしれませんよ」

そう言うと、清美は眠そうな夫を促して、

「部屋へ行ったら、思い切り寝てちょうだい」

と、ダイニングを出て行った。

――少し間があって、

「いや、いつもながら、清美さんの言葉は示唆に富んでいますな」

と、殿永が言った。

「まさか本当に――」

「当ってみる価値はあります。失礼」

さっさと立ち上ると、殿永はケータイを手にダイニングから出て行った。

なつきが感心したように、

「先生の推理力は、お母様譲りなんですね」

と言った。


「当ってるかどうか分らないわよ」

と言いながら、何だか母の言う通りになるような気がして来る亜由美だった。

「コーヒー、もう一杯飲むわ」

と、亜由美は言った。「ショックにそなえて、頭をスッキリさせとかないと」

4　朝もやの中で

「この河原に倒れていたんです」

と、殿永が言ったが……。

「何も見えないわ。こんなんじゃ」

と、亜由美は文句を言った。

「じき、朝もやが晴れて来ますよ」

とはいうものの……。

今、河原にいるというのは、靴が砂利を踏んでいること、流れる水音が聞こえているので分るだけだった。

ホテルを出るときはそうでもなかったのだが、山の方へ入るにつれて、朝もやは濃くなり、ついには、ほとんど周囲が見えないくらいになってしまった。

「で、確かこっちの方で……」

殿永の声が、もやの奥へと消えて行く。

「殿永さん、ちょっと！　どこにいるんですか？」

「いや、もしもし――山の奥の方へ来てくれ」

ケータイか。――亜由美は、つまずいたり落っこちたりしたくないので、もやの晴れるのを持っていた。

砂利を踏む音がして、誰かがそばにやって来た。

しかし、すぐそばにいるはずなのに、誰だか分らないのだ。

すると——。

「右か左か……」

という声が聞こえた。

「え?」

幻聴かしら、と思った。

「あのときはどうも……」

という女性の声。

「どなたです?」

「右か左か。——どう思います?」

亜由美はびっくりして、

「久美子さんですか?」

と言った。「そうなんですね?」

手を伸してみたが、何も触れない。どっちから聞こえているかもよく分らなかった。

「返事して下さい」

と、亜由美は自分を落ちつかせながら、「ここでお父さんが殺されたんですね。久美子さん、あなたがやったんですか? いえ、責めてるんじゃありません。仕方のないことだったんでしょう。でも、妹さんが、充代さんが心配してますよ。それにご主人のことも考えて下さい。笹井さんは、どういうことなのか、さっぱり分らなくて途方にくれているそうですよ。せめて生きていることだけでも、連絡してあげて下さい。——聞こえてます?」

亜由美はしばらく待った。——何も聞こえて来ない。

あれは現実の声じゃなかったのかしら？

すると——何か聞こえて来た。

すすり泣きの声のようだ。

「久美子さん。私が『右か左か』と訊かれていい加減に答えてしまったせいで、あなたは道を誤ったんじゃないんですか？　もしそうなら、私、悔んでも悔み切れません。お願いです。そこにいるのなら、話して下さい。充代さんのためにも、笹井さんのためにも」

すると、じわじわと朝もやが薄らいで来た。そして、数メートル先の人影が、ぼんやりと浮かび上って来た。

亜由美が歩み寄ろうと、砂利を踏んだ。

すると、その人影はタッタッと砂利をはね飛ばすような勢いで駆けて行ってしまった。

「——亜由美さん。どこです？」

と、殿永の声がした。

「ここですよ！」

と、手を振った。

「やあ、良かった。迷子になったのかと……」

「迷ってる人は他にもいるようですよ」

「は？」

「いえ、何でもないです。私、ときどき幻を見ることがあって」

と、亜由美が言うと、殿永はふしぎそうに、

「そうですか？　私には亜由美さんはリアリストに見えますがね」

「それが間違いです！　リアリストこそ、超自然の世界に近いところにいるんです」

「はあ。なるほど」

殿永はわけが分らない様子だったが、「ああ、朝もやがやっと晴れて来ましたね」

と、ホッとした様子。

亜由美の立っているのは、砂利の河原で、清水の流れまで数メートルだった。

「――そこの砂利にまだ血が残ってますね」

殿永が亜由美の足下を指して言ったので、亜由美はあわてて飛び上った。

丸く白い小石に、黒ずんだしみがある。

「三崎京平はどうやって殺されたんですか？」

「たぶん大きめの石で、後頭部を殴られたんでしょう。一度でなく、何度も殴られています。その石はたぶん流れに投げ捨てたのでしょう。その流れは見かけによらず深くて速いんです。その石がどこまで転って行ったか……。一応、警官たちが水に入って捜しましたが、見付かりませんでした」

「女性でも殺せたということですね」

「まあそうです。しかし、第一撃で、かなりダメージを与えていないと、反撃された可能性も。ですから男の力だったかもしれませんね」

殿永のケータイが鳴った。「――もしもし、どうした？」

話を聞いて、殿永が、

「間違いないのか？」

と、興奮した声を上げた。

「何ごとですか？」

と、亜由美は訊いたが、殿永の耳には入っていない。

「この一帯をすぐ包囲しろ！　手が足りなくても、何とかしろ！」

殿永がこうも熱くなるのは珍しい。

「——何かあったんですか？」

やっと通話を切った殿永に言った。

「とんでもない話です」

「というと？」

「三崎が連れていた川上と名のった男、DNA鑑定で、〈下河敏夫《しもかわとしお》〉と分りました」

「〈川上〉と〈下河〉？　分りやすい偽名ですね。で、本当に久美子さんとその男は——」

「久美子さんはもう生きていないかもしれません」

「どうしてです？」

亜由美はびっくりして訊いた。

「奴は〈殺し屋〉なのです」

「今どきそんな職業が？」

「いるんです。中でも下河は有能です」

そう言って、殿永は苦笑すると、「殺し屋を有能だとほめてちゃいけませんね」

「何人も殺してるんですか？」

「十人じゃきかないでしょう。おそらく二十人……いや三十人でもおかしくない」

「そんなに？　でも逮捕されてないんですね」

「殺される方に、隠したい事情があるんです。つまり、組織を裏切ったり、稼ぎをごまかして懐へ入れたり。殺されても、まず届が出ませんし、一見、事故死かと思うようなやり方で殺すんです」

「へえ……」

「自殺に見せかけたり、足を踏み外して崖から落ちたかのように……。目撃者はほとんどいませんし、殺人と断定して捜査することにならないんですよ」

「頭のいい男なんですね」

「確かに。しかし今度ばかりは……。いや、久美子さんが殺されているとは限りません。ですが、誘拐という名目で逮捕できます」

「久美子さん、どうしてそんな恐ろしい男について行っちゃったんでしょう」

と、亜由美はため息をついた。

「調べました」

「え？」

「清美さんのおっしゃったこと。——笹井久美子さんと下河敏夫は、高校で同級生だったんです」

「じゃ、本当に——」

「どういう状況なのかは分りません。しかし、久美子さんが下河と会って、懐しいと思ったことはありえますね」

亜由美は、さっき朝もやの中ですすり泣いていた（らしい）久美子のことを考えると、胸が痛かった。

「殿永さん、私……」

「何ですか？」

「さっき、朝もやの中で、久美子さんと話したようなんです……」

「どうして、もっと早く殿永さんに言わなかったのよ！」

と、神田聡子が叱りつけるように言った。

「すぐ言ってれば、久美子さんを見付けられたかもしれないじゃないの！」

「何度も言わないでよ」

と、亜由美は顔をしかめて、「私だって、ちょっとまずかったかな、とは思ってるんだから」

「ちょっとどころじゃないでしょ」

「聡子さんも落ちついて下さい」

と、なつきが取りなすように、「いつもは亜由美さんが一番危い目にあってるんですから。それを考えれば、聡子さんもそう強いことは言えないと思いますよ」

「なつき！　ありがとう！」

と、亜由美はなつきの手をギュッと握った。

——三人プラス、ドン・ファンはロビーで話していた。

ホテルの前にはパトカーが何台も停《とま》っていて、大勢の警官が忙しく駆け回っているのが見えていた。

「――あわててチェックアウトするお客が何人もいますね」

と、なつきが言った。

それはそうだろう。不倫のカップルにとっては、パトカーが何台もやって来て、当然、取材のTV局も駆けつけてくるとなれば。

ニュースなどで顔が出ては困るはずだ。

フロントには、チェックアウトを待つ客が列を作っていた。

亜由美たちのそばのソファに座って、

「プライバシーの侵害だぞ」

と、グチを言っている男性が……。

「田端先生、どうも」

と、亜由美が声をかけると、ギョッとして、

「君……」

「自分の大学の学生ぐらい、憶えていて下さいね」

「もちろん――分ってるとも。しかし、君らはどうして……」

と、田端は焦っている。

「家族と友人たちでの旅行です」

と、亜由美は言った。「先生は？　ご夫婦でお泊りですか？」

「いや、ちょっと……家内が急に都合悪くなって、一人なんだ」

「じゃ、寂しいですね」

「そうだな……。じゃ、失礼する」

田端はせかせかと立ってエレベーターへと急

いだ。

フロントの充代と話したかったのだろうが、今は充代もそれどころではない。

「次のレポート、点数上げてもらおう」

と、聡子が言った。

「諦めて出ればいいんですよね」

と、なつきは言ったが……。

「――何かご用?」

と、そばに立っている女の子に気付いて言った。

亜由美が振り向くと、ブレザーを着た、高校生らしい女の子が立っている。

そして、何か思い詰めた表情で、

「塚川亜由美さんですか」

と言った。

「塚川は私だけど」

と、亜由美が言った。「私に何かご用?」

「私、足立里沙《あだちりさ》といいます」

と、少女は言った。「塚川さんは、下河敏夫を逃がしたんですね」

「え? どういう意味?」

亜由美が面食らっていると、

「聞きました。あなたがわざと黙っていて、下河を逃がしたって」

「いえ、それは――」

と言いかけて、「あなた、どういう人?」

「私の父は下河に殺されたんです」

と、少女は言った。「その下河の味方をする人は、私の敵《かたき》です！」

「ちょっと待ってよ」

と、亜由美はあわてて言った。「それには色々事情があって……。でも、そんな話をどこで聞いたの？」

「先生」

と、なつきが言った。「TVのワイドショーでやってます」

「え？　どうして言わないのよ！」

「先生が悩まれると思ったからです」

「それにしたって……。殿永さんが洩《も》らしたんだ。許せん！」

と、亜由美が怒っていると、足立里沙が
「私も許しません！」

と言うなり――何とポケットから拳銃を取り出して、銃口を真直ぐに亜由美へ向けたのである。


「やれやれ……」

田端は部屋へ戻って来ると、カードキーでドアを開け、中に入った。

せっかく時間を作って、中堀充代に会いに来たのに……。ゆうべも彼女は来なかったし、今はそれどころじゃない。

「高いホテル代を払ったのに……」

ブツブツ言いながら、部屋の明りを点《つ》けると、

「お邪魔してますよ」

ソファに座った男が言った。

「何だ、君は？」

「今、警察が必死で捜している男ですよ」

と、手に拳銃を握って、「下河といいます」

「君は一体――」

と、田端が言いかけると、奥から女性が現われた。

「田端先生ですね。私は中堀充代の姉の久美子です」

「じゃ、こんな所にいたら、すぐ捕まる。早く逃げた方がいいと思うがね」

「そうですかね」

と、下河は言った。「むしろ、この中にいた方が安全では？」

「しかし――」

「ともかく、我々は決めたんです。しばらくここでお世話になると」

下河はニヤリと笑って、ソファに寛いだ。

5　人騒がせ

「先生も、ちょっと考えれば——」

と、なつきが言った。「こんな女の子が、本物のピストルなんか持ってるわけないと分るじゃありませんか」

「そんなこと言ったたってね！」

と、亜由美はムッとして、「あんただって銃を突きつけられてごらんなさいよ」

「ワン」

ドン・ファンが、「まあ、落ちついて」と言いたげに（たぶん）ひと声鳴いた。

「——すみません」

と、問題の少女、足立里沙は、ちっともすまなく思っていない様子で言った。「ちょっとびっくりさせようと思って。——まさか、腰を抜かすとは思ってなかったんで」

「誰が腰を抜かしたのよ！」

と、亜由美は一段とカッカして、「ただ、後ずさりしてカーペットに足が引っかかったから、尻もちをついただけでしょ！」

「そうですか？」

「亜由美は、これまで何度も殺されかけてるの」

と、聡子が取りなすように、「いくら何でも、腰抜かしはしないと思うわよ」

「聡子も、たまにはいいこと言うわね」

と、亜由美は言った。

「ワン」

ドン・ファンが「いい加減にしな」と言うように（たぶん）また鳴いた。

「下河はどうしてあなたのお父さんを殺したの？」

「父は、ある会社の経理にいました」

と、足立里沙は言った。「その会社が、裏で悪事に手を染めていて……」

何があったんだろう？

里沙は、急いでマンションの玄関を入ると、五階の我が家へと上って行った。

エレベーターが、いやにゆっくり上って行くように感じる。こんなときに限って！

エレベーターの扉が開きかけたのをすり抜けるように廊下へ飛び出す。

お父さん。――お父さん！　大丈夫？

足立里沙は、学校が昼休みになると、事務室の人から、

「お父様から、至急帰宅させて下さいと連絡が」

と聞かされた。

里沙の学校では、朝、登校したときはケータイを事務室に預けて、下校時に返してもらうことになっている。

生徒たちは不満を言っているが、私立でもあ

り、あまり文句は言えなかった。

本当に緊急の用なら、学校の事務室へ連絡する。父からその連絡が来たというのだ。

ケータイは返してもらって、学校を出た。むろん、すぐ父へかけたが、つながらない。

里沙はとっさにタクシーを停めて、家へと急いだ。昼間はバスの本数が少ない。

二十分ほどでマンションに着くことができたのだが——。

「お父さん！」

玄関を入って、大声で呼ぶ。

一体何があったんだろう？　里沙は、父が床に倒れているところを想像して、ゾッとした。前から心臓は良くなかった。でも……。


居間のソファに、父、足立徹《とおる》は座っていた。そして振り向くと、

「早かったな」

と、ごく普通の声で言ったのである。

「お父さん……」

里沙は鞄《かばん》を放り出して、「何なのよ！　びっくりした！」

「すまんすまん」

と、足立はちょっと笑って、「しかし、確かに急ぎの用なんだ」

「どうしたっていうの？」

「これを持て」

父から渡されたのは、小型のリュックサックだった。

「え？　これ……」

受け取ってみると、結構重い。「何が入ってるの？」

「今は見ている時間はない。ともかく、それを決して失《な》くすな。お前が生きて行くために必要なものが入っている」

父の口調は淡々としていたが、真剣だということは分った。

「どういうこと？」

「いいか、何があっても、お前はそれを持って生きて行くんだ。いいな」

「お父さん……」

そのとき、父のケータイが鳴った。

「黙って聞いてろよ」

と言ってから、ケータイに出る。

「足立です」

「今、どこにいる」

と、相手の男の声が、スピーカーで聞こえた。

「自宅です」

と、足立は言った。「一人でマンションに」

「そうか。逃げてもむだだぞ」

「分っています」

「お前は優秀だったのにな。残念だ」

「私もです」

「もう、奴がエレベーターで五階へ上るところだ。では」

――ほとんど感情のないようなその声に、里沙は恐怖を覚えた。

「お父さん――」

「急いで部屋を出ろ」

と、足立は言った。「しかし――もうエレベーターなら間に合わない。里沙、靴を取って来い!」

「え?」

「自分の靴を取って来い! そして、納戸に隠れるんだ!」

必死な父の言い方に、里沙も、ただごとではないと分った。

玄関へ駆けて行き、靴を持つと、玄関を上ったすぐ脇にある納戸へと入って戸を閉めた。

「いいか。何があっても出て来るな」

と、父が言うのが聞こえた。

ほんの数秒後、玄関の鍵がカチャリと音をたてて開いた。

「――出迎えか」

という男の声がした。

「隠れる気はない」

と、足立が言った。

「それがいい。――一人か」

「娘はまだ学校だ」

「娘と二人だったな」

「そうだ」

と言ってから、「頼む。娘は何も知らない。殺さないでくれ」

「必要がなければ殺さない」

と、男は言った。「例のものは?」

「燃やした」

「本当か?」

「死ぬときに嘘は言わない」

「それなら――」

何かがドサッと倒れる音がした。

お父さん!

里沙が叫び出さずにすんだのは、聞いているのが、あまりに突拍子もないことで、現実とは思えなかったからだろう。

じっとリュックを抱きしめて息を殺していると、二、三分して、足音が玄関から出て行った。

里沙はそっと納戸から出ると、

「お父さん……」

と、小声で呼んだ。

居間を覗くと、ベランダへ出るガラス戸が開いていて、レースのカーテンが風で揺れていた……。

「父は、ベランダの真下のコンクリートの歩道に倒れていました」

と、里沙は言った。「飛び下り自殺に見せかけたんでしょう」

――しばらく、亜由美たちも口をきかなかった。

そして、再び里沙が口を開くと、

「警察には言いませんでした」

と言った。「証言したくても、何も見ていなかったし、男の声ぐらいじゃ……。それに、父は何とか私に、逃げて生きのびろと言っていたと思うんです」

「つまり、あなたのお父さんは――」

「会社の裏の仕事に係《かかわ》っていたんでしょう。それで、何かまずいことがあって……」

里沙はもう涙も見せなかった。

亜由美は、

「あなた、お父さんと二人と言ってたけど、お母さんは？」

と訊いた。

「母は家を出て行きました」

と、里沙は言った。「私が小学校へ入ったころです。どこへ行ったのかは知りません」

もしかすると、夫のしていることを知って、出て行ったのかもしれない、と亜由美は思った。

なつきが、

「お父さんから渡されたリュックって、何が入ってたの？」

と訊く。

「お金です」

「現金が？」

「百万円の束が五つ。差し当り、それで生活しろ、ということだったんでしょう」

と、里沙は言ったが、「でも――私、そのお金は一円も使っていません。いくつかの銀行に預けて、一切手はつけていません」

「それは――」

「父が何か犯罪に係って得たお金かもしれないと思ったら……。今は何とかもともとの貯金とアルバイトで生活しています。学校も授業料を免除してくれていますし、何とか食べていけます」

「そう……。大変ね」

と、亜由美が言うと——。

どこから話を聞いていたのか、

「偉い！」

と、突然声が降って来た。

「お父さん！」

と、亜由美が止めようとしたが、

「何と律儀で意志の強い子なのだ！」

塚川貞夫《さだお》が立っていたのである。「健気だ！　亜由美もこの子を見習いなさい」

「あのね、私には両親いるし、残念ながら」

「ワン」

と、ドン・ファンが鳴いた。


　そっとドアを開けると、廊下に人がいないのを確かめて、久美子はルームサービスのワゴンを部屋から押し出した。

「——誰もいないわ」

と、ドアを閉めて、久美子は言った。「あなた、足りないでしょ、あれじゃ」

「まあ、一人でいるはずの客が、そう何人前もルームサービスを頼んじゃおかしいからな」

と、下河が笑って言った。

一人分の夕食をルームサービスで取って、二人で分けて食べたのである。

「もっとも、クローゼットの中の〈先生〉は、もっと腹を空かしてるだろうな」

と、下河は言った。

田端は手足を縛られて、クローゼットの中に押し込められている。当人はお腹が空くどころではあるまいが。

「ああ……。食べたら眠くなった」

と、下河がベッドに寝そべった。

久美子もベッドに上ると、下河と並んで横になった。天井をぼんやりと眺める。

しばらくして、下河が言った。

「大分外じゃ大騒ぎになっているようだな」

「そうね。部屋にいると分らないけど」

「いや、ホテルの中の空気は感じるよ。当然、俺のこともばれてるだろうし、この辺一帯を大捜索しているはずだ」

「落ちついてるのね」

「今さら、どうするってわけにもいかないしな」

「一人で逃げれば良かったのよ」

「それを言うなら、君だって同じだ」

「私は……逮捕されるわね、やっぱり。あなたと一緒に逃げてるんだもの」

「そんな心配は不要だよ。俺は君を人質にしようとして連れ出したと供述する。君は被害者ということですむ」

「でも――」

「君は、万一銃撃戦になったとき、流れ弾丸《だま》に当らないように用心すればいい」

久美子はしばらく黙っていたが――。

「――まさかね。こんなことになるなんて」

と、ひとり言のように呟いた。

「俺は嬉《うれ》しかったよ」

「だけど、私のことなんか構わずに逃げていたら——」

「もうその話はよそう」

と、下河は言った。「俺は君に会えて良かったと思ってる」

「でも……」

「君を好きだった、あのころの気持が、怖いぐらいはっきりよみがえって来た。自分の中に、まだ人間らしい部分が残っていたことにびっくりした」

「あなたは本当に……」

「人を殺して、稼いでいたんだ」

「でも、どうしてそんな仕事を——」

「器用だったのさ」

と、下河は微笑んで、「憶えてるか？　高校生のころ、よく色んなものを直した」

「憶えてるわ。クラスの壁にかけてあった、大きな時計を、ちゃんと動くようにしたわね」

「他にも、脚のガタついてる机を、ちゃんと直したし、黒板のひび割れも……」

「そう。あなたは本当に器用だった」

「それがいけなかったのさ。——組織の邪魔者を取り除くのに、初めはガス中毒に見せかけようとしたが、今のガスは吸っても死なない。それで、感電死したと見せかけたら、と思い付いた。それが我ながら、信じられないほどうまく行ってね」

と、下河は苦笑した。「以来、『事故死か自殺に見せかけたい』仕事が、俺に全部回ってくるようになった。初めの内はいやだった。しかし……」

「慣れたのね。分るわ」

と、久美子は言った。「私も、笹井と結婚するとき、あんまり気が進まなかったの。でも、きっとその内、慣れると思ってた」

「慣れたのか?」

少し間があって、

「慣れた、って自分に言い聞かせたわ。でもベッドで抱かれても、ちっともときめかないの」

「そうか」

「年齢が離れてるからだって思い込もうとした。だから、子供ができたら、きっと変るだろうと思ったわ。このホテルに泊って、妊娠できれば、って……」

「邪魔したかな」

「でも、あの女の人に『右か左か』って訊いたとき、『左』って言われてハッとした。左へ行けばあなたが待ってると分ってた。そう言われるまでは、ホテルへ戻るのが正しいと思ってた」

「気が変った?」

「というか――私が心の底で望んでたのはそっちだった、って気付かされたの。どっちが正しいなんてこと、決められない。ただ、自分がどっちに行きたいのか、それが大切なんだって分ったの」

――二人はしばらくじっと天井を見つめていたが、

「私、高校のとき、好きな子がいたのよ」

と、久美子は言った。「憶えてるかしら、隣のクラスにいた、岡本《おかもと》君って、色白の……」

「ああ、憶えてる」

「彼と付合ってた。半年くらいかな。――でも、事故でね、死んじゃったの。それも、車にはねられたとか、そんなんじゃなくて、家でお風呂に入ってるときに、ヘアドライヤーがお風呂に落ちて。――古かったのね、普通はそんなことないらしいんだけど、感電して死んじゃったのよ」

と、久美子は小さく首を振って、「ずいぶん泣いたわ。でも、付合ってたことを、隠してたから、みんなの前じゃ泣けなかった……」

少しして、久美子は言った。

「岡本君が死んで半年ぐらいしてからかな、うちのクラスの本間《ほんま》君って、憶えてるでしょ？頭のいい子だった。秀才って言われて、そう、先生も、『あいつは東大に楽に受かる』って言ってた。でも……」

と、ちょっとため息をついて、「プールでね」

と言った。

「水に飛び込んだまま、本間君は浮んで来なかった」

久美子は天井をぼんやり見上げながら、

「本間君の心臓が悪いなんて、聞いたこともなかったけど、やっぱり急な発作だったのね。――二人続けて死んじゃったんで、私、何だか怖くなってね。私のせいで死んだみたいな気がして。

しばらくは男の子と付合う気になれなかったわ」

久美子の話を、下河は黙って聞いていた。

「——もちろん、私のせいなんてこと、ないのよね。たまたま続いただけで。でも、あのときは、そんな気がしたの」

久美子は深く息をつくと、「そうね。私、やっぱり岡本君が好きだったな。初めて本気で好きになったのって、岡本君だったし」

久美子は小さく笑って、

「私なんて、みんなと比べても、とっても遅れてたから。初めてだったのよ。——岡本君とね。でも、キスだけだったの。高校生になったら、もう本格的に体験してた子もいたけど、私はとても……。岡本君とキスしたときだって、もう心臓が破裂するかと思うくらいドキドキして、可愛いものね、今思うと。でも、岡本君も、どぎまぎしてね、真赤になってた。きっと彼も女の子とキスするのは初めてだったのね……」

久美子はため息をついて、

「どうなんだろ。感電して死ぬって、苦しいのかしら？　それとも一瞬のことで、何も分らないのかな……」

そのとき、久美子は初めて気付いたように、

「下河君、さっき——何か、『感電した』って言ってたわね」

と言って、頭をめぐらし、隣に寝ている下河の方を見た。

「――本当にもう！　クタクタだわ」

と、充代がフロントから出て来て、亜由美たちの方へやって来て言った。「こんなにチェックアウトが集中するなんて」

「状況が状況で、仕方ないわね」

と、亜由美が言った。「お姉さんのこと、心配ね」

「ええ」

と、充代は肯いて、「忙しくしてる方が、心配ごとを忘れていられていいかもしれない……」

エレベーターの扉が開いて、若いボーイが、ルームサービスのワゴンを押して出て来た。それを見て、充代が、

「ちょっと！」

と、声をかけた。「ルームサービスのワゴンを運ぶのは、業務用のエレベーターを使えって言われてるでしょ」

「すみません」

と、若いボーイは謝ったが、「でも業務用が今、荷物の搬出で混んでるんです」

「そうか。――まあ、いいわ」

充代はそのワゴンへ目をやって、「それって……。田端先生の部屋だわ」

ワゴンに、ルームナンバーのメモが貼り付けてあるのだ。

「ディナールームに顔を出したくないのね、きっと」

と、亜由美は言った。

「待って」

充代は、空の皿が重ねてあるのを見て、ちょっと首をかしげた。「おかしいわ」

「どうかしたの？」

「このナイフはステーキ用だから、たぶんステーキのセットを注文したんだわ。でも……」

と、きれいに空になっている皿を見て、「付け合せまで全部平らげてる」

「それがおかしいの？」

「田端先生、ニンジンが嫌いで、必ず残すの。子供みたいでしょ？　でも、だめなんだって、『俺はニンジンアレルギーだ』とか言って。そんなアレルギー、聞いたことないって、いつもからかうんだけど」

「それが食べてあるってことは……」

と、亜由美は呟いた。

「ワン」

と、ドン・ファンが甲高く鳴いた。

亜由美は、

「田端先生の部屋に、他の誰かがいるんだわ」

「でも、誰が？」

と、聡子が言った。「他の女の人とか？」

「だけど、それにしたって変よ」

と、亜由美は言った。「部屋に二人いるなら、二人分の食事を頼むんじゃない？　これって、一人分でしょ？」

「ええ」

と、充代が肯いて、「スープ、サラダ、ステーキ、ライスのセット。これで一人前」

「でも、田端先生じゃない人が部屋にいる……」

「ワン！」

ドン・ファンがせかせるように、エレベーターの方へ駆け出そうとする。

「待って！　——殿永さん！」

ちょうど殿永がくたびれた様子でロビーへ入って来た。

「どうしたんです？　こっちは山の中を捜し回って、足が棒ですよ」

「ね、もしかすると——」

「え？」

「この部屋に誰かが隠れてるかも」

理由はともかく、亜由美は殿永の手を取って、エレベーターへと引張って行った。

「危いですよ！」

転びそうになって、殿永が、「何ですか一体？」

「説明は後！」

全員エレベーターに飛び込む。

エレベーターの中での亜由美の説明も、分りやすいものとは言えなかったが、ともかく、

「田端先生の部屋を調べる！」

と、亜由美は宣言して、「充代さん、鍵は開けられる？」

「マスターキーを持ってます」

「しかし、いきなり……」

殿永は、刑事として、勝手にホテルの部屋へ押し込むわけにはいかなかった。

「——ここです」

ドアの前に来ると、殿永はチラッと亜由美を見てから、ドアを強く叩いた。

「警察です！　開けて下さい！」

と怒鳴ると——。

「殺してやる！」

という男の声が中から聞こえて来たのだ。

「お前も道連れだ！」

亜由美は息を呑《の》んだ。

「鍵を！」

と、充代へ言った。

充代がマスターキーでドアを開ける。

殿永は拳銃を手に、

「危いです！　退《さ》がって！」

と、亜由美たちを押しやって、ドアを大きく開けた。

ベッドの上に、久美子が仰向《あおむ》けになって、男がまたがっていた。

その両手が、久美子の首にかかっている。

「下河だな！　手を離せ！」

殿永が拳銃を構えて叫んだ。

「捕まるもんか！」

下河が体を起すと、ベルトに挟んだ拳銃を抜いた。

「やめろ！」

殿永が怒鳴った。「撃つぞ！」

「撃てるか？」

下河が銃口を久美子へ向けた。——ためらう余裕はなかった。

殿永が引金を引く。弾丸は下河の胸を射抜き、下河の体はベッドの向う側へと転り落ちた。

「――お姉さん!」

充代がベッドへ駆け寄った。「大丈夫! もう大丈夫よ!」

と、姉を抱きしめる。

しかし――久美子はどこか放心した様子で、妹の体をそっと抱いた。

殿永がベッドの向う側へ回って、倒れている下河の首筋に指を当てると、大きく息をついて、

「――死んでいます」

と言いながら立ち上った。「殺したくなかったが……」

「仕方ないわよ。久美子さんが殺されるところだったんだもの」

と、亜由美が言った。

「まあ、確かに……」

殿永は肯いて、「久美子さんのことをよろしく」

「ええ、私たちで。――ともかく、この部屋から出ましょう」

亜由美と充代に支えられて、久美子はベッドから降りた。

すると、どこかでドンドン叩く音がする。

「誰? うるさい音、たてて〜る人?」

と、聡子が言うと、

「もしかしてこの部屋の……先生では?」

と、なつきが言って、みんなやっと田端のことを思い出したのだった……。

6 償い

ホテルのロビーや玄関前は、大変な騒ぎになっていた。

報道陣が沢山つめかけて、ロビーや玄関前でリポーターが生中継したりしている。

「人質は無事救出されました」

と、殿永の上司に当るらしい人物が、記者たちに話している。

「ぜひ、ご当人からひと言！」

と、声が飛んだが、

「それはまだ無理です。危うく殺されるところだったのですから、落ちつくまで時間がかかりますこと、了解して下さい」

そう言われると、記者やリポーターもそれ以上は言えない。

その光景を、ロビーの隅の方で眺めているのは、足立里沙だった。

その肩に手が置かれて、振り向くと亜由美が立っていた。

「もういいんですか？」

と、里沙が訊く。

「久美子さんには妹の充代さんがついてる。あんまり他人が何人も一緒じゃ、却って気が休まらないでしょ」

「そうですね」

と、里沙は言った。「私――何だか妙な気持です」

「下河が死んで？」

「ええ。もちろん、この手で殺してやりたいくらい憎かったから、あの刑事さんが射殺してくれたことは嬉しいんです。ただ――一方で、ちゃんと裁判にかけて、後悔させてやりたかったって……」

「分るわ」

「それに――父へ電話して来た男。下河に父を殺させたのはあの声の男でしょう。そいつが捕まるといいけど」

「そうね。殿永さんも、それを考えて、殺したくなかったんだと思うわ。でも、あのままだと久美子さんが殺されてた」

「ええ、それは……。本当に無事で良かったですね」

ちょうどそこへ、殿永がやって来た。

「――久美子さんはどう？　病院に？」

と、亜由美は訊いた。

「いや、当人が、もう休めば大丈夫と」

「それならいいけど」

「今、夫君の笹井さんから連絡があって、講演を二つキャンセルして、こっちへ駆けつけるそうです。夜中には着くでしょう」

「ホッとしてるでしょうね」

と、亜由美は言ったが、なつきが、

「でも、どうして久美子さんは下河と一緒にいたんですかね」

と、口を挟んだ。

「そこは気になるが、今はまだそういう話をするには早過ぎる」

と、殿永は首を振って、「人の心はふしぎなものですからね。久美子さんが、何となく昔の同級生と親しくなることだってあったかもしれませんよ」

「でも最後は道連れに殺そうとしたわ」

「そうです。それははっきり目にしました。ですから、下河を射殺したこと自体は納得しています。ただね……」

と、殿永は言葉を切った。

「クゥーン」

ドン・ファンが、「分るよ」とでも言うように、声を上げた……。

夜遅くなっても、ホテルのロビーには、大勢の報道陣が待機していた。

久美子の夫、笹井和久が、もうじきこのホテルへ着くという情報が入っていたのだ。

評論家として、TVでも顔の知られている笹井のことなので、TV局が待ち構えているのも無理はない。

亜由美はそんなロビーの様子を、奥まったソファにかけて眺めていた、足下にはドン・ファンが寝そべっている。

「ねえ、ドン・ファン。これでめでたしめでたしってことでいいのかしら？」

と、亜由美は言った。

「クゥーン……」

「でも、私、何となくすっきりしないのよね、この辺が」

と、亜由美が胸の辺りに手を当てると、ドン・ファンが、

「ワン」

と、顔を上げて、ひと声鳴いた。

「何よ。食べ過ぎて胃もたれだろう、って？　失礼ね！　今夜はそんなに食べてないわよ」

亜由美は勝手に解釈して言い返すと、「だって、そうじゃないの。久美子さんたちの父親の三崎は誰に殺されたの？　下河って男は、人を『殺人に見えないように』殺したっていうけど、下河に、三崎を殺す理由はないだろうし、あんな風に河原で石で殴り殺すなんて、下河らしくないわね。でも、久美子さんがやったとも思いたくないし……」

亜由美が一人でしゃべっていると、ドン・ファンが後ろを振り返った。

「──あ、先生」

亜由美は、田端がいつの間にかすぐ後ろに立っているのに気付いた。

「君か。──塚川君、だっけ」

と、田端は言って、「座っていいかね」

「ええ、どうぞ」

長いソファに、亜由美から少し離れて座ると、田端はロビーの報道陣へ目をやって、

「いいなあ」

と言った。「同じ学者上りでも、向うは大金持だ」

「でも、先生だって……」

と言いかけて、亜由美はふと気付いた。「先生。あの二人――下河と久美子さんが部屋にいた間、クローゼットに閉じこめられてたんですよね？」

「そうなんだ。生きた心地がしなかったよ」

と、田端は首を振って言った。

「じゃあ……下河と久美子さんの話しているのを聞いてたんですね？」

「え？」

田端は、言われて初めて気が付いた様子で、

「ああ……。でも、はっきりは聞こえなかったよ。何しろ、僕も殺されるのかと、気が気じゃなかったからね」

「それでも、少しぐらいは……」

「聞こえたといっても……。聞いちゃいけないことだってあるだろう」

と、田端は微妙な言い方をした。

「それって、つまり……」

亜由美も、少し口ごもって、「久美子さんと下河が……」

「――うん、そう聞こえた」

「下河が、無理に久美子さんを？」

「いや、そういう風じゃなかったな。彼女も喜んでいたような……」

ちゃんと聞いてたんじゃないの。——亜由美は、そこからなぜ、下河が久美子を殺しかけることになったのか、考え込んだ。

そして、ふと気付くと、

「先生、どうしてこのホテルにいるんですか?」

と訊いた。「もう残ってなくてもいいんでしょ?」

「まあ……ね」

「殿永さんとは話したんでしょ? じゃ、もうお宅に帰ったらいいのに」

もちろん、今は夜中だから、ホテルを出られないが、夜の早い内なら帰れただろう。

そして、亜由美は田端の横顔を見ている内に、分った。

「——ばれたんですね、奥さんに」

田端がチラッと亜由美を見て、天井へ目をやった。

「——分ってたんだ、女房には」

「それはそうですよ。いつもと全然違う格好してりゃ」

「いや、まさかこの服装で家から出て来たわけじゃない」

と、田端は言った。「ちゃんと途中で着替えたんだ」

「それだって……。女は敏感ですよ」

「どうやらそうらしいね」

と、田端はため息をついて、「うちの女房だけは、そんな直感とは縁がないと思ってた」

「そんなことだから嫌われちゃうんですよ」

と、亜由美は言った。「ともかく平謝りに謝る。それしかないでしょ」

「ワン」

「ドン・ファンもそう言ってます」

「クゥーン……」

「何？　──ああ、そうね。それがいいかもしれないわ」

田端がびっくりして、

「君、犬の言ってることが分るのか？」

「まあね」

と、ちょっともったいぶって、「ドン・ファンがこう言ってます。『奥さんをこのホテルに招《よ》んで、夫婦水入らずの時間を作るんです』。奥さん、きっと喜びますよ」

「そう……かな。そういえば、もう何年も夫婦で旅行なんてしてない」

「ね？　ここ、お洒落だし、今、ＴＶで注目されてるし、いいチャンスですよ」

「そう思うか？　よし！」

と、張り切りかけたが、「──いかん。ここには彼女がいる」

「中堀充代さんですね？　大丈夫。あの人はこの仕事が何より大事なんです。先生と別れたらホッとしますよ」

「うん……。そうかな」

田端は、亜由美の言うことに、励まされつつ、少しがっかりもした様子だった。

「じゃ、女房に電話してみる」

「頑張って」

田端が行ってしまうと、ちょうどホテルの正面玄関がにわかに騒がしくなった。

「笹井さんだ！」

「笹井さんが着いた！」

と、声が飛び交って、報道陣がロビーを駆け回り始めた。

目立つ明るい色のジャケットをはおった笹井は、記者たちの「壁」に囲まれながら、

「どうも。――どうもありがとう」

と、愛想よく左右へ目をやっている。

「あら」

亜由美のそばには、いつの間にか田端と入れ代って、足立里沙が立っていた。

「にぎやかですね」

と、里沙が言った。

「そうね。TVで知られてるから、あの先生は」

殿永が出迎えて、立ち話をしていたが、なぜだか亜由美たちの方へと一緒にやって来たのだ。取材陣もゾロゾロとついて来た。

「――殿永さん、これは？」

「笹井さんに話したんです。久美子さんのために、亜由美さんがどんなに活躍したか」

「はあ……」

亜由美は立ち上って、「久美子さんがご無事

で良かったです」

「いや、本当にありがとう。あれは、私が出張から出張へと飛び回っていて、本当に可哀《かわい》そうだった。このホテルで、ぜひその償いをさせてもらおう」

「それがよろしいですわ」

亜由美は里沙の方へ目をやって、

「この子は足立里沙といって、あの殺し屋の下河の手で父親を殺されてるんです」

「それは気の毒なことをしたね」

と、笹井は里沙の肩を軽く叩いて、「しかし、下河という男が死んで、復讐《ふくしゅう》は果たされたわけだね」

「では、先生、奥様の方へ」

と、TVリポーターが促して、

「ああ、そうしよう」

笹井と、それを取り巻く報道陣が一斉にエレベーターへ。

「エレベーターは定員超過ね」

と、亜由美は言うと、里沙の方へ目をやって、びっくりした。「どうしたの？　真青よ！」

里沙が、青ざめて立ちすくんでいたのだ。

「あの……亜由美さん……」

と、言葉も途切れ途切れだ。「今の人の声が……」

「今の人って――笹井さんのこと？」

「ええ。TVで見たことはありますけど、もっと高い声で……」

「TVだと、マイクに向って発言するから、どうしても普段の声より高くなるよね。それが――」

「今、普通に話してた声……。お父さんが電話で話した相手とそっくりです」

亜由美は唖然《あぜん》として、

「それって――お父さんを殺させた人間のことって？」

「そうです。お父さんのケータイで聞いた声も、話し方も……」

「まさか、笹井さんが？」

と言ってから、亜由美は、「お父さんと話したのをあなたが聞いてたってこと、相手は知らないのよね」

「ええ、私、黙ってましたし、お父さんは一人でいると……」

「待ってね！　それが本当なら、久美子さんも危いかも……」

でも、今は報道陣が一緒だ。

「ワン！」

と、ドン・ファンがせかせるように吠えた。

「行きましょう！」

亜由美たちはエレベーターへと駆け出した。

エレベーターを降りて、廊下へ出ると、ゾロゾロとやって来る殿永や報道陣と出くわした。

「殿永さん、今、部屋には？」

と、息を弾ませて訊くと、

「夫婦水入らずで、寛いでおいでだよ。どうして?」

「二人にしない方が——。あ、充代さん!」

ちょうど、充代がやって来た。「ね、マスターキー、持ってる?」

「え? ええ、今、ちょうど鍵持たないで部屋を出ちゃったというお客様がいて」

「久美子さんの部屋の鍵を開けて! 急いで!」

「笹井様の部屋ですか? でも——」

「ともかく、早く!」

亜由美は、充代の腕をつかんで駆け出した。

「待って下さい! どうしてそんな——」

と、充代が言いかけたときだった。

銃声が、廊下にまで響いた。

「姉の部屋だわ」

「早く鍵を」

殿永も、ただごとではないと悟っていた。充代がマスターキーで、ドアを開ける。

「——お姉さん!」

と、充代が言った。

部屋の真中に、久美子が拳銃を手に立っていた。しっかり狙いを定めたままで。

床に、笹井が倒れていた。

「久美子さん……」

亜由美は、久美子が手にした拳銃から、うっすらと煙が立ち上っているのを見た。その硝煙は、ドラマの終りを告げるカーテンのようでもあった。

「どんなに本当の自分を隠していても、二十四時間、嘘の自分でいることはできません」

と、久美子は淡々と言った。「でも……」

「笹井さんが、TVや講演で見せている顔の他に、もう一つの顔を持っていることに、気付いたんですね」

と、亜由美は言った。

久美子は、ホテルの中の小さな部屋で、ソファに座っていた。

警官が見張っているのが容易なように、だった。

殿永が入って来た。

「殿永さん……」

訊くまでもなかった。

「笹井氏は、病院で死亡が確認されました」

と、殿永は言った。

久美子は少し頭を下げた。ただ、「分りました」という意味だったのかどうか分らなかった。

「――でも、気付くのには時間がかかりました」

少しして、久美子は話を続けた。「何といっても、恋した相手というよりは、尊敬して来た人です。結婚しても、夫と妻として対するようには、なかなかなれませんでした」

と、久美子は思い出すように、宙へ目を向けて、

「充分に幸せでした。あの人は忙しくて。都内にいるときでも、ほとんど毎日外出して、TV出演やインタビューをこなす。他に地方での講

演は、依頼の一割ぐらいしか受けられませんでした。それでも一旦出かけると、何か所も回って、三日四日は帰宅しませんし、夜、家で寝た日の方がずっと少なかったでしょう」

久美子は息を洩らして、「一緒にいられる時間が少なかったから、笹井も『やさしい夫』でいられたんでしょうね。私も、夫に秘密があると気付くのにしばらくかかりました。——私はカレンダーに夫の予定をサインペンで書き込んでいたんですが、その内、説明のつかない時間があることに気付きました」

「それで、笹井さんのことに疑いを……」

「初めは『女』かと思いました。当然、見た目も悪くない。中年といってもスマートだし、会話も楽しい。もてて当然です。新婚なのに、と面白くはなかったけど、嫉妬はしないと自分に言い聞かせていました。でも、行先の分らない外出とか、外での理由のつかない何時間か、など、『女』のためにしては、あまりにバラバラで、行先も不明。——何か他に私に隠していることがある、と思いました」

「それでは、いつ……」

「ホテルのレストランで食事して、帰るために地下駐車場へ下りて行ったんです。そしたら、車のそばに、妙な男が立っていたんです。夫の仕事とは、どう見ても関係がない。その男に、夫は怒りました。姿を見せるな、と言って。その怒り方が、いつもとあまりに違っていて……」

と、久美子は言った。「それがどういう男か、私が訊いても全く説明してくれませんでした。そして——数日後。何気なく点けたTVのニュースで、男の人が切り立った崖から落ちて、首を骨折して死んだという事故が。死んだのは、あの男でした」

「それはきっと消されたんですね」

「ええ。偶然とは思えないでしょ？　私もそれからは、何だか分らないままに、色々細かいことに注意するように……。次にはお金のことです。確かにTVなどで売れてはいましたが、それにしても、高価な物を平気で買います。金額より、その態度に、疑問を感じたんです」

ルームサービスで取ったコーヒーを、久美子は一口飲んだ。

「そして——私、我慢できなくなって、夫に訊いたんです。初めはあの人、笑ってごまかしていましたけど、私が夫の夜中の電話を、眠ったふりをして聞いてた、と言うと表情が変って。本当は、聞いても何の話かほとんど分らなかったんですが、夫は別人のように冷ややかになって、『夫のしていることには、妻も共犯だ。君も殺人犯だよ』と言いました」

「殺人はあの下河に——」

「密入国の組織や、労働者の組合を潰したり、色んなことを束ねて仕切っていたようです。そして、裏切れば、事故に見せかけて殺される……。でも、突然あの人はまたやさしくなって、

『君はただ何があっても目をつぶっていてくればいいんだよ』と……」

久美子は肯いて、「そしてこのホテルに。あのとき、私も本当に目をつぶっていれば、やり直せるかもしれないと思いました。でも夫は……」

「下河を呼んだんですね」

「それだけじゃありません。夫は私たちの父親のこともつかんでいて、このホテルへ一緒に寄越したんです」

「それはなぜ……」

「私が詐欺師の父のことを世間に知られるのを恐れて姿を消すという筋書だったのです。夫の名声を傷つけるよりは、と」

「そして自殺に見せかけて?」

「いずれ、自殺とも事故とも分からないやり方で、下河君にやらせるつもりだったんでしょうね。父の三崎も馬鹿です。自分も役目が終われば消されると決ってたのに」

そう言ってから、少し間を置いて、

「ところが……。〈川上〉と名のってやって来た人を見て、私は驚きました。同じ高校にいた下河君だったんですから」

「向うもすぐに分ったんですか?」

「向うの方が先に。――私は、今でも胸が痛いのですけど、高校時代、下河君に告白されて、断ってしまったことがあって。他に好きな子がいたからなんですが、下河君が本気だってことはよく分ってて、でも、冗談みたいに笑い飛ばしてしまったんです。下河君は傷ついたでしょう」

と、久美子は言った。「それが原因で、彼は女を殺すこともためらわなくなったのかもしれません」

「教えて下さい」

と、殿永は言った。「三崎さんを河原で殺したのは——」

「私です」

と、久美子はすぐに言ってから、「でも——実際には下河君が」

「というと?」

「朝、父に呼び出されたんです。朝もやの河原で、『金を出すのなら、ホテルからいなくなってやる』と言ったんです。私、昔から散々裏切られた父のことなんか信用できない、と言ってやりました。すると、父が私を平手打ちしたんです。そのとき下河君が突然、河原の石で、父の頭を……」

「じゃ、あなたがやったわけでは——」

「でも私のためにやったんです、下河君は」

と、久美子は言った。「本当なら、私を殺すはずだったのに」

「とっさのことで、事故に見せかけることはできなかったんですな」

と、殿永は言った。

「そのまま逃げてくれれば良かったのに。——

でも下河君は私と話したがったんです」

「久美子さん。――こんなこと訊いていいのかどうか……」

と、亜由美は言った。「あなたと下河は……」

「ええ。あのクローゼットの人にも聞かれていたでしょう？　私、初めて下河君と愛し合いました。彼も、もうこれで思い残すことはないと言って」

「じゃ、我々が踏み込んだとき、下河があなたを絞め殺そうとしていたのは――」

「私を被害者に見せるためです。一緒に隠れていたのでは、私も罪に問われると言って、わざと……。下河君は射殺されたかったんです」

「そういうことでしたか」

と、殿永はため息をついた。「しかし、あなたが笹井さんを撃ったのは――」

「分っています。罪は償いますわ」

「私も証言します」

と、亜由美が言った。

「ありがとう」

と、久美子は微笑んだ。

「しかし、笹井さんが生きていたら、彼の係った犯罪の実態が分ったかもしれませんね」

「そうですね。申し訳ありません。ただ、夫のせいで下河君も死んだと思うと……。この手で始末をつけたかったんです」

久美子がコーヒーカップを取り上げる。

「ワン！」

突然、ドン・ファンが声を上げ、飛び上って、久美子の手にしたコーヒーカップを叩き落とした。亜由美がびっくりして、

「ドン・ファン！」

「ワン！」

亜由美はカップを拾い上げて、

「もしかしたら……。久美子さん、これ飲んだ？」

「一口だけ……。何だか胸が焼けつくようだわ」

「カップの底に薬が残ってる」

と、殿永は言った。「全部飲んでいたら大変だったかもしれない。ともかく病院へ！」

充代が部屋の電話へ飛びつく。

「誰か、笹井さんの係ってる組織の人間が、久美子さんの口をふさごうとしたんだ」

と、殿永は言った。「大丈夫ですか？　急いで病院へ」

「ホテルの車で」

「いや、パトカーがいます。さあ、支えていますから。歩けますか？」

「ええ、大丈夫……。ありがとう、ドン・ファン」

「ともかく急いで！」

殿永は久美子の体を両脇で抱え上げると、エレベーターへと駆けて行った。

エピローグ

「薬がコーヒーによく溶けていなかったので、ラッキーでした」

と、若い医師が言った。「一週間もすれば退院できますよ」

亜由美たちは安堵《あんど》した。

「偉かったわね、ドン・ファン」

と、聡子がほめたが、ドン・ファンはそっぽを向いている。

「ドン・ファンにとっては不本意なのよ」

と、亜由美は言った。「本当は、久美子さんが一口も飲まない内に気付かなきゃいけなかったんだ、ってね」

「そうか。名探偵は気難しいんだ」

亜由美と聡子、なつきとドン・ファンは、久美子の見舞にやって来ていた。

医師の話を聞いてから、久美子の病室を訪ねる。

個室のベッドでウトウトしていた久美子は、パッと目を開いて、

「まあ！　ドン・ファン、いらっしゃい！　命の恩人だわ」

と、手を伸ばした。

ドン・ファンがいそいそと寄って行き、その

手をなめた。

「コーヒーに毒を入れたボーイは、駅で捕まったそうですよ」

と、亜由美は言った。

「本当にお世話になって」

と、久美子は言った。「『右か左か』のときから」

「そうでしたね。でも左へ行って、下河と会ったのが正しかったんですか?」

「ええ。まだあのときは笹井にも未練があって。――というより、笹井との、安定したぜいたくな暮しの方に、と言った方が正しいでしょう」

「ともかく、久美子さんは無事で、笹井さんの係っていた組織についても、殿永さんが熱心に捜査していますから。充代さんは、田端先生と切れたらしいしね」

「それに、先生」

と、こちらはなつきが亜由美へ言った。「あのお父さんを殺された足立里沙ちゃんのこと……」

「そうそう。里沙ちゃんが父親から託されたリュックには、お金の他に、組織のお金の流れを記録したUSBメモリーが見付かって、殿永さんは大喜びしてるわ」

久美子はふと天井を見上げると、

「色々悪いことはして来たんでしょうけど、私にとって、下河君は――思い出の人、ですわ」

と言った。「あの人と会わなかったら、今でも笹井と暮していたんだと思うと……」

「そうですね」

「やり直せるかしら、私……」

「大丈夫。できますよ」

と、亜由美は久美子の手を取って、「第一歩から。それができるんですから、久美子さんには」

「そうですね……。笹井も下河君も死んでしまって」

病院の窓から差し込んでいた外の光が、ふと暗くかげった。

そしてバタバタと音をたてて、大粒の雨が降って来た。


「――夏も終るのね」

と、久美子が呟くように言った。

「ええ。私たち大学生にとっては、秋の試験が近付くんです。これこそ大問題です」

亜由美の言葉に、ドン・ファンが、

「ワン！」

と、ひと声答えた。

初出「Webジェイ・ノベル」配信
花嫁純愛録　'22年5月～9月
花嫁の夏が終る　'22年10月～'23年2月

花嫁純愛録《はなよめじゅんあいろく》

二〇二三年三月三十一日　初版第一刷発行

著者　赤川次郎《あかがわじろう》

発行者　岩野裕一

発行所　株式会社実業之日本社

東京都港区南青山五-四-三〇

emergence aoyama complex 3F

〒一〇七-〇〇六二

TEL　〇三（六八〇九）〇四七三（編集）

〇三（六八〇九）〇四九五（販売）

DTP　ラッシュ

印刷　大日本印刷株式会社

製本　大日本印刷株式会社

https://www.j-n.co.jp/

ISBN978-4-408-53830-3（第二文芸）